读书与生活

季羡林 汪曾祺 等著

好读 编

浙江教育出版社·杭州

只 为 优 质 阅 读

好
读

Goodreads

春有百花秋有月，夏有凉风冬有雪。
若无闲事挂心头，便是人间好时节。

一个人的成长基本上得益于自己读书，
相比之下，课堂上的收获显得微不足道。

我爱用水盘插花，
觉得比用瓶来插花，更有趣味。

黄心的杭白菊，冬日手执一杯，
润喉清咽，且香气清远。

早上喝普洱容易醉，

茶亦醉人。

一刻无事一刻清，
一日无事一日好。

代序

生活一种

贾平凹

院再小也要栽柳，柳必垂。晓起推窗如见仙人曳裙侍立，月升中天，又是仙人临镜梳发；蓬屋常伴仙人，不以门前未留小车辙印而憾。能明灭萤火，能观风行。三月生绒花，数朵过墙头，好静收过路女儿争捉之笑。

吃酒只备小盅，小盅浅醉，能推开人事、生计、狗咬、索账之恼。能行乐，吟东坡“吾上可陪玉皇大帝，下可以陪卑田院乞儿”，以残墙补远山，以水盆盛太阳，敲之熟铜声。能嘿嘿笑，笑到无声时已袒胸睡卧柳下，小儿知趣，待半小时后以唾液蘸其双乳，凉透心臆即醒，自不误了上班。

出游踏无名山水，省却门票，不看人亦不被人看。脚往哪儿，路往哪儿，喜瞧巉岩钩心斗角，倾听风前鸟叫声吟。云在山头登上山头云却更远了。遂吸清新空气，意尽而归。归来自有文章作，不会与他人同，既可再次意游，又可赚几个稿费，补回那一双龙须草鞋钱。

读闲杂书，不必规矩，坐也可，站也可，卧也可。偶向墙根，水蚀斑驳，瞥一点而逮形象，即与书中人、物合，愈看愈肖。或听室外黄鹂，莺莺恰恰能辨鸟语。

与人交，淡，淡至无味，而观知极味人。可邀来者游华山“朽朽桥头”，敢亡命过之将“×× 到此一游”书于桥那边崖上，不可近交。不爱惜自己性命焉能爱人？可暗示一女子寄求爱信，立即复函意欲去偷鸡摸狗者不交。接信不复冷若冰霜者亦不交，心没同情岂有真心？门前冷落，恰好，能植竹看风行，能养菊赏瘦，能识雀爪文。七月长夏睡翻身觉，醒来能知“知了”声了之时。

养生不养猫，猫狐媚。不养蛐蛐，蛐蛐斗殴残忍，可养蜘蛛，清晨见一丝斜挂檐前不必挑，明日便有纵横交错，复明日则网精美如妇人发罩。出门望天，天有经纬而自检行为，朝露落雨后日出，银珠满缀，齐放光芒，一个太阳生无数太阳。墙角有旧网亦不必扫，让灰尘蒙落，日久绳粗，如老树盘根，可作立体壁画，读传统，读现代，常读常新。

要日记，就记梦。梦醒夜半，不可睁目，慢慢坐起回忆静伏入睡，梦复续之。梦如前世生活，或行善，或凶杀，或作乐，或受苦，记其迹体验心境以察现实，以我观我而我自知，自知乃于嚣烦尘世则自立。

出门挂锁，锁宜旧，旧锁能避蟊贼破损门，屋中箱柜可在锁孔插上钥匙，贼来能保全箱柜完好。

目录

辑一　好书不厌百回读

书，本身就是情趣，可爱。
大大小小形形色色的书，
立在架上，放在案头，摆在枕边，无往而不宜。

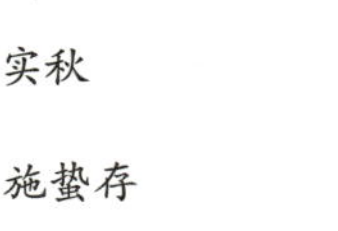

辑二　天下第一好事，还是读书

凡读书之人，
谁都能发现属于自己的
一种独特之乐。

辑三　生活，是很好玩的

南窗下的书桌上，四时不断地供着一瓶花，
瓶下恰有一方端砚，花瓣往往落在砚上，
我往往不忍磨墨，生怕玷污了它。

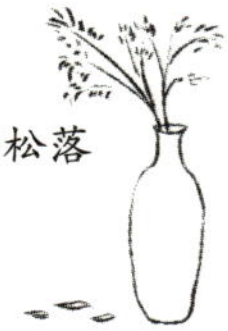

辑四　四处走走，你会热爱这个世界

日落总是醉人的，
像一次告别，
重复了亿万年。

辑五　日日有小暖，至味在人间

松火柴在炉灶上吐着红焰，
带了缭绕的青烟，横过马路。
在下风头远远地就能嗅到一种烤肉香。

辑六　松花酿酒，春水煎茶

同一个杯、同一种茶、同一式泡法，
饮在不同的喉里，
冷暖浓淡自知，完全是心证功夫。

辑七　看山还是山，看水还是水

孤独是生命圆满的开始，
没有与自己独处的经验，
不会懂得和别人相处。

辑一 好书不厌百回读

书，本身就是情趣，可爱。
大大小小形形色色的书，
立在架上，放在案头，
摆在枕边，
无往而不宜。

随便翻翻

鲁迅

我想讲一点我的当作消闲的读书——随便翻翻。但如果弄得不好，会受害也说不定的。

我最初去读书的地方是私塾，第一本读的是《鉴略》，桌上除了这一本书和习字的描红格，对字（这是作诗的准备）的课本之外，不许有别的书。但后来竟也慢慢的认识字了，一认识字，对于书就发生了兴趣，家里原有两三箱破烂书，于是翻来翻去，大目的是找图画看，后来也看看文字。这样就成了习惯，书在手头，不管它是什么，总要拿来翻一下，或者看一遍序目，或者读几页内容，到得现在，还是如此，不用心，不费力，往往在作文或看非看不可的书籍之后，觉得疲劳的时候，也拿这玩意来做消遣了，而且它也的确能够恢复疲劳。

倘要骗人，这方法很可以冒充博雅。现在有一些老实人，和我闲谈之后，常说我书是看得很多的，略谈一下，我也的确好像书看得很多，殊不知就为了常常随手翻翻的缘故，却并没有本本细看。还有一种很容易到手的秘本，是《四库书目提要》，倘还怕繁，那么，《简明目录》也可以，这可要细看，它能做成你好像看过许多书。不过我也曾用过正经工夫，如什么“国学”之类，请过先生指教，留心过学者所开的参考书目。结果都不满意。有些书目开得太多，要十来年才能看完，我还疑心他自己就没有看；只开几部的较好，可是这须看这位开书目的先生了，如果他是一位糊涂虫，那么，开出来的几部一定也是极顶糊涂书，不看还好，一看就糊涂。

我并不是说，天下没有指导后学看书的先生，有是有的，不过很难得。

这里只说我消闲的看书——有些正经人是反对的，以为这么一来，就“杂”！“杂”，现在又算是很坏的形容词。但我以为也有好处。譬如我们看一家的陈年账簿，每天写着“豆腐三文，青菜十文，鱼五十文，酱油一文”，就知先前这几个钱就可买一天的小菜，吃够一家；看一本旧历本，写着“不宜出行，不宜沐浴，不宜上梁”，就知道先前是有这么多的禁忌。看见了宋人笔记里的“食菜事魔”，明人笔记里的“十彪五虎”，就知道“哦呵，原来‘古已有之’。”但看完一部书，都是些那时的名人轶事，某将军每餐要吃三十八碗饭，某先生体重一百七十五斤半；

或是奇闻怪事，某村雷劈蜈蚣精，某妇产生人面蛇，毫无益处的也有。这时可得自己有主意了，知道这是帮闲文士所做的书。凡帮闲，他能令人消闲消得最坏，他用的是最坏的方法。倘不小心，被他诱过去，那就坠入陷阱，后来满脑子是某将军的饭量，某先生的体重，蜈蚣精和人面蛇了。

讲扶乩的书，讲婊子的书，倘有机会遇见，不要皱起眉头，显示憎厌之状，也可以翻一翻；明知道和自己意见相反的书，已经过时的书，也用一样的办法。例如杨光先的《不得已》是清初的著作，但看起来，他的思想是活着的，现在意见和他相近的人们正多得很。这也有一点危险，也就是怕被它诱过去。治法是多翻，翻来翻去，一多翻，就有比较，比较是医治受骗的好方子。乡下人常常误认一种硫化铜为金矿，空口是和他说不明白的，或者他还会赶紧藏起来，疑心你要白骗他的宝贝。但如果遇到一点真的金矿，只要用手掂一掂轻重，他就死心塌地：明白了。

“随便翻翻”是用各种别的矿石来比的方法，很费事，没有用真的金矿来比的明白，简单。我看现在青年的常在问人该读什么书，就是要看一看真金，免得受硫化铜的欺骗。而且一识得真金，一面也就真的识得了硫化铜，一举两得了。

但这样的好东西，在中国现有的书里，却不容易得到。我回忆自己的得到一点知识，真是苦得可怜。幼小时候，我知道中国在“盘古氏开辟天地”之后，有三皇五帝，……宋朝，元朝，明朝，“我大清”。到二十岁，又听说“我们”的成吉思汗征服欧洲，是“我们”最阔气的时代。到二十五岁，才知道所谓这“我们”最阔气的时代，其实是蒙古人征服了中国，我们做了奴才。直到今年八月里，因为要查一点故事，翻了三部蒙古史，这才明白蒙古人的征服“斡罗思”①，侵入匈奥，还在征服全中国之前，那时的成吉思还不是我们的汗，倒是俄人被奴的资格比我们老，应该他们说“我们的成吉思汗征服中国，是我们最阔气的时代”的。

我久不看现行的历史教科书了，不知道里面怎么说；但在报章杂志上，却有时还看见以成吉思汗自豪的文章。事情早已过去了，原没有什么大关系，但也许正有着大关系，而且无论如何，总是说些真实的好。所以我想，无论是学文学的，学科学的，他应该先看一部关于历史的简明而可靠的书。但如果他专讲天王星，或海王星，蛤蟆的神经细胞，或只咏梅花，叫妹妹，不发关于社会的议论，那么，自然，不看也可以的。

我自己，是因为懂一点日本文，在用日译本《世界史教程》和新出的《中国社会史》应应急的，都比我历来所见的历史书类说得明确。前一种中国曾有译本，但只有一本，后五本不译了，译得怎样，因为没有见过，不知道。后一种中国倒先有译本，叫

---

① 斡罗思：俄罗斯。

作《中国社会发展史》，不过据日译者说，是多错误，有删节，靠不住的。

我还在希望中国有这两部书。又希望不要一哄而来，一哄而散，要译，就译它完；也不要删节，要删节，就得声明，但最好还是译得小心，完全，替作者和读者想一想。

我的读书经验

蔡元培

我自十余岁起，就开始读书；读到现在，将满六十岁了；中间除大病或其他特别原因外，几乎没有一日不读点书的。然而我没有什么成就，这是读书不得法的缘故。我把不得法的概略写出来，可以做前车之鉴。

我的不得法第一是不能专心：我初读书的时候，读的都是旧书，不外乎考据、词章两类。我的嗜好，在考据方面，是偏于训诂及哲理的，对于典章名物，是不大耐烦的；在词章上，是偏于散文的，对于骈文及诗词，是不大热心的。然而以一物不知为耻，种种都读；并且算学书也读，医学书也读，都没有读通。所以我曾经想编一部《说文声系义证》，又想编一本《公羊春秋大义》，都没有成书。所为文辞，不但骈文诗词，没有一首可存的，就是散文也太平凡了。到了四十岁以后我始学德文，后来又学法文，我都没有好好儿做那记生字、练文法的苦工，而就是生吞活剥地看书，所以至今不能写一篇合格的文章，做一回短期的演说。在德国进大学听讲以后，哲学史、文学史、文明史、心理学、美学、美术史、民族学统统去听，那时候这几类的参考书，也就乱读起来了。后来虽勉自收缩，以美学与美术史为主，辅以民族学；然而他类的书终不能割爱，所以想译一本美学，想编一部比较的民族学，也都没有成书。

我的不得法，第二是不能勤笔：我的读书，本来抱一种利己主义，就是书里面的短处，我不大去搜寻它，我只注意于我所认为有用的或可爱的材料。这本来不算坏，但是我的坏处，就是我虽读的时候注意于这几点，但往往为速读起见，无暇把这几点摘抄出来，或在书上做一点特别的记号，若是有时候想起来，除了德文书检目特详，尚易检寻外，其他的书，几乎不容易寻到了。我国现虽有人编“索引”“引得”，等等，又专门的辞典也逐渐增加，寻检自然较易，但各人有各自的注意点，普通的检目，断不能如自己记别的方便。我尝见胡适之先生有一个时期，出门时常常携一两本线装书，在舟车上或其他忙里偷闲时翻阅，见到有用的材料，就折角或以铅笔做记号。我想他回家后或者尚有摘抄的手续。我记得有一部笔记，说王渔洋读书时，遇有新隽的典故或词句，就用纸条抄出，贴在书斋壁上，时时览读，熟了就揭去，换上新得的。所以他记得很多。这虽是文学上的把戏，但科学上何尝不可以仿作呢？我因从来懒得动笔，所以没有成就。

我的读书的短处，我已经经验了许多的不方便，特地写出来，望读者鉴于我的短处，第一能专心，第二能勤笔，这一定有许多成效。

读书的习惯重于方法

胡适

读书会进行的步骤，也可以说是采取的方式大概不外三种：

第一种是大家共同选定一本书来读，然后互相交换自己的心得及感想。

第二种是由下往上的自动方式，就是先由会员共同选定某一个专题，限定范围，再由指导者按此范围拟定详细节目，指定参考书籍，每人须于一定期限内做成报告。

第三种是先由导师拟定许多题目，再由各会员任意选定，研究完毕后写成报告。

至于读书的方法我已经讲了十多年，不过在目前我觉到读书全凭先养成好读书的习惯。读书无捷径，是没有什么简便省力的方法可言的。读书的习惯可分为三点：一是勤，二是慎，三是谦。

勤苦耐劳是成功的基础，做学问更不能欺己欺人，所以非勤不可。其次谨慎小心也是很需要的，清代的汉学家著名的如高邮王氏父子、段茂堂等的成功，都是遇事不肯轻易放过，旁人看不见的自己便可看见了。如今的放大几千万倍的显微镜，也不过想把从前看不见的东西现在都看见罢了。谦就是态度的谦虚，自己万不可先存一点成见，总要不分地域门户，一概虚心地加以考察后，再决定取舍。这三点都是很要紧的。

其次还有个买书的习惯也是必要的，闲时可多往书摊上逛逛，无论什么书都要去摸一摸，你的兴趣就是凭你伸手乱摸后才知道的。图书馆里虽有许多的书供你参考，然而这是不够的。因为你想往上圈画一下都不能，更不能随便地批写。所以至少像对于自己所学的有关的几本必备书籍，无论如何，就是少买一双皮鞋，这些书是非买不可的。

青年人要读书，不必先谈方法，要紧的是先养成好读书、好买书的习惯。

论百读不厌

朱自清

前些日子参加了一个讨论会，讨论赵树理先生的《李有才板话》。座中一位青年提出了一件事实：他读了这本书觉得好，可是不想重读一遍。大家费了一些时候讨论这件事实。有人表示意见，说不想重读一遍，未必减少这本书的好，未必减少它的价值。但是时间匆促，大家没有达到明确的结论。一方面似乎大家也都没有重读过这本书，并且似乎从没有想到重读它。然而问题不但关于这一本书，而是关于一切文艺作品。为什么一些作品有人“百读不厌”，另一些却有人不想读第二遍呢？是作品的不同吗？是读的人不同吗？如果是作品不同，“百读不厌”是不是作品评价的一个标准呢？这些都值得我们思索一番。

苏东坡有《送章惇秀才失解西归》诗，开头两句是：

旧书不厌百回读，熟读深思子自知。

“百读不厌”这个成语就出在这里。“旧书”指的是经典，所以要“熟读深思”。《三国志 · 魏志 · 王肃传》注：

人有从（董遇）学者，遇不肯教，而云“必当先读百遍”，言“读书百遍而意自见”。

经典文字简短，意思深长，要多读，熟读，仔细玩味，才能了解和体会。所谓“意自见”“子自知”，着重自然而然，这是不能着急的。这诗句原是安慰和勉励那考试失败的章惇秀才的话，劝他回家再去安心读书，说“旧书”不嫌多读，越读越玩味越有意思。固然经典值得“百回读”，但是这里着重的还在那读书的人。简化成“百读不厌”这个成语，却就着重在读的书或作品了。这成语常跟另一成语“爱不释手”配合着，在读的时候“爱不释手”，读过了以后“百读不厌”。这是一种赞词和评语，传统上确乎是一个评价的标准。当然，“百读”只是“重读”“多读”“屡读”的意思，并不一定一遍接着一遍地读下去。

经典给人知识，教给人怎样做人，其中有许多语言的、历史的、修养的课题，有许多注解，此外还有许多相关的考证，读上百遍，也未必能够处处贯通，教人多读是有道理的。但是后来所谓“百读不厌”，往往不指经典而指一些诗、一些文，以及一些小说；这些作品读起来津津有味，重读、屡读也不腻味，所以说“不厌”；“不厌”不但是“不讨厌”，并且是“不厌倦”。诗文和小说都是文艺作品，这里面也有一些语言的和历史的课题，诗文也有些注解和考证；小说方面呢，却直到近代才有人注意这些课题，于是也有了种种考证。但是过去一般读者只注意诗文的注解，不大留心那些课题，对于小说更是如此。他们集中在本文的吟诵或浏览上。这些人吟诵诗文是为了欣赏，甚至于只为了消遣，浏览或阅读小说更只是为了消遣，他们要求的是趣味，是快感。这跟诵读经典不一样。诵读经典是为了知识，为了教训，得认真、严肃、正襟危坐地读，不像读诗文和小说可以马马虎虎的、随随便便的，在床上、在火车轮船上都成。这么着可还能够教人“百读不厌”，那些诗文和小说到底是靠了什么呢?

在笔者看来，诗文主要是靠了声调，小说主要是靠了情节。过去一般读者大概都会吟诵，他们吟诵诗文，从那吟诵的声调或吟诵的音乐得到趣味或快感，意义的关系很少；只要懂得字面儿，全篇的意义弄不清楚也不要紧的。梁启超先生说过李义山的一些诗，虽然不懂得究竟是什么意思，可是读起来还是很有趣味（大意）。这种趣味大概一部分在那些字面儿的影像上，一部分就在那七言律诗的音乐上。字面儿的影像引起人们奇丽的感觉；

这种影像所表示的往往是珍奇、华丽的景物，平常人不容易接触到的，所谓“七宝楼台”之类。民间文艺里常常见到的“牙床”等等，也正是这种作用。民间流行的小调以音乐为主，而不注重词句，欣赏也偏重在音乐上，跟吟诵诗文也正相同。感觉的享受似乎是直接的、本能的，即使是字面儿的影像所引起的感觉，也还多少有这种情形，至于小调和吟诵，更显然直接诉诸听觉，难怪容易唤起普遍的趣味和快感。至于意义的欣赏，得靠综合诸感觉的想象力，这个得有长期的教养才成。然而就像教养很深的梁启超先生，有时也还让感觉领着走，足见感觉的力量之大。

小说的“百读不厌”，主要的是靠了故事或情节。人们在儿童时代就爱听故事，尤其爱奇怪的故事。成人也还是爱故事，不过那情节得复杂些。这些故事大概总是神仙、武侠、才子、佳人，经过种种悲欢离合，而以大团圆终场。悲欢离合总得不同寻常，那大团圆才足奇。小说本来起于民间，起于农民和小市民之间。在封建社会里，农民和小市民是受着重重压迫的，他们没有多少自由，却有做白日梦的自由。他们寄托他们的希望于超现实的神仙、神仙化的武侠，以及望之若神仙的上层社会的才子佳人；他们希望有朝一日自己会变成了这样的人物。这自然是不能实现的奇迹，可是能够给他们安慰、趣味和快感。他们要大团圆，正因为他们一辈子是难得大团圆的，奇情也正是常情啊。他们同情故事中的人物，“设身处地”地“替古人担忧”，这也因为事奇人奇的缘故。过去的小说似乎始终没有完全移交到士大夫的手里。士大夫读小说，只是看闲书，就是作小说，也只是游戏文章，总而言之，消遣而已。他们得化装为小市民来欣赏，来写作；在他们看，小说奇于事实，只是一种玩意儿，所以不能认真、严肃，只是消遣而已。

封建社会渐渐垮了，五四时代出现了个人，出现了自我，同时成立了新文学。新文学提高了文学的地位；文学也给人知识，也教给人怎样做人，不是做别人的，而是做自己的人。可是这时候写作新文学和阅读新文学的，只是那变了质的下降的士和那变了质的上升的农民和小市民混合成的知识阶级，别的人是不愿来或不能来参加的。而新文学跟过去的诗文和小说不同之处，就在它是认真地负着使命。早期的反封建也罢，后来的反帝国主义也罢，写实的也罢，浪漫的和感伤的也罢，文学作品总是一本正经地在表现着并且批评着生活。这么着文学扬弃了消遣的气氛，回到了严肃——古代贵族的文学如《诗经》，倒本来是严肃的。这负着严肃的使命的文学，自然不再注重“传奇”，不再注重趣味和快感，读起来也得正襟危坐，跟读经典差不多，不能再那么马马虎虎、随随便便的。但是究竟是形象化的，诉诸情感的，跟经典以冰冷的抽象的理智的教训为主不同，又是现代的白话，没有那些语言的和历史的问题，所以还能够吸引许多读者自动去读。不过教人“百读不厌”甚至教人想去重读一遍的作品，的确是很少了。

新诗或白话诗和白话文，都脱离了那多多少少带着人工的、音乐的声调，而用着接近说话的声调。喜欢古诗、律诗和骈文、古文的失望了，他们尤其反对这不能吟诵的白话新诗；因为诗出于歌，一直不曾跟音乐完全分家，他们是不愿扬弃这个传统的。然而诗终于转到意义中心的阶段了。古代的音乐是一种说话，所谓“乐语”，后来的音乐独立发展，变成“好听”为主了。现在的诗既负上自觉的使命，它得说出人人心中所欲言而不能言的，自然就不注重音乐而注重意义了。——一方面音乐大概也在渐渐注重意义，回到说话罢？——字面儿的影像还是用得着，不过一般地看起来，影像本身，不论是鲜明的，朦胧的，可以独立地诉诸感觉的，是不够吸引人了；影像如果必须得用，就要配合全诗的各部分完成那中心的意义，说出那要说的话。在这动乱时代，人们着急要说话，因为要说的话实在太多。小说也不注重故事或情节了，它的使命比诗更见分明。它可以不靠描写，只靠对话，说出所要说的。这里面神仙、武侠、才子、佳人，都不大出现了，偶然出现，也得打扮成平常人；是的，这时代的小说的人物，主要的是些平常人了，这是平民世纪啊。至于文，长篇议论文发展了工具性，让人们更如意，也更精密地说出他们的话，但是这已经成为诉诸理性的了。诉诸情感的是那发展在后的小品散文，就是那标榜“生活的艺术”，抒写“身体琐事”的。这倒是回到趣味中心，企图着教人“百读不厌”的，确乎也风行过一时。然而时代太紧张了，不容许人们那么悠闲；大家嫌小品文近乎所谓“软性”，丢下了它去找那“硬性”的东西。

文艺作品的读者变了质了，作品本身也变了质了，意义和使命压下了趣味，认识和行动压下了快感。这也许就是所谓“硬”的解释。“硬性”的作品得一本正经地读，自然就不容易让人“爱不释手”“百读不厌”。于是“百读不厌”就不成其为评价的标准了，至少不成其为主要的标准了。但是文艺是欣赏的对象，它究竟是形象化的、诉诸情感的，怎么“硬”也不能“硬”到和论文或公式一样。诗虽然不必再讲那带几分机械性的声调，却不能不讲节奏，说话不也有轻重高低快慢吗？节奏合式①，才能集中，才能够高度集中。文也有文的节奏，配合着意义使意义集中。小说是不注重故事或情节了，但也总得有些契机来表现生活和批评它；这些契机得费心思去选择和配合，才能够将那要说的话，要传达的意义，完整地说出来，传达出来。集中了的完整了的意义，才见出情感，才让人乐意接受，“欣赏”就是“乐意接受”的意思。能够这样让人欣赏的作品是好的，是否“百读不厌”，可以不论。在这种情形之下，笔者同意：《李有才板话》即使没有人想重读一遍，也不减少它的价值，它的好。

---

① 合式：同合适。

但是在我们的现代文艺里，让人“百读不厌”的作品也有的。例如鲁迅先生的《阿Q正传》，茅盾先生的《幻灭》《动摇》《追求》三部曲，笔者都读过不止一回，想来读过不止一回的人该不少罢。在笔者本人，大概是《阿Q正传》里的幽默和三部曲里的几个女性吸引住了我。这几个作品的好已经定论，它们的意义和使命大家也都熟悉，这里说的只是它们让笔者“百读不厌”的因素。《阿Q正传》主要的作用不在幽默，那三部曲的主要作用也不在铸造几个女性，但是这些却可能产生让人“百读不厌”的趣味。这种趣味虽然不是必要的，却也可以增加作品的力量。不过这里的幽默绝不是油滑的、无聊的，也绝不是为幽默而幽默，而女性也绝不就是色情，这个界限是得弄清楚的。抗战期中，文艺作品尤其是小说的读众大大地增加了。增加的多半是小市民的读者，他们要求消遣，要求趣味和快感。扩大了的读众，有着这样的要求也是很自然的。长篇小说的流行就是这个要求的反应，因为篇幅长，故事就长，情节就多，趣味也就丰富了。这可以促进长篇小说的发展，倒是很好的。可是有些作者却因为这样的要求，忘记了自己的边界，放纵到色情上，以及粗劣的笑料上，去吸引读众，这只是迎合低级趣味。而读者贪读这一类低级的软性的作品，也只是沉溺，说不上“百读不厌”。“百读不厌”究竟是个赞词或评语，虽然以趣味为主，总要是纯正的趣味才说得上的。

读书

老舍

若是学者才准念书，我就什么也不要说了。大概书不是专为学者预备的；那么，我可要多嘴了。

从我一生下来直到如今，没人盼望我成个学者；我永远喜欢服从多数人的意见。可是我爱念书。

书的种类很多，能和我有交情的可很少。我有决定念什么的全权；自幼儿我就会逃学，楞挨板子也不肯说我爱《三字经》和《百家姓》。对，《三字经》便可以代表一类——这类书，据我看，顶好在判了无期徒刑后去念，反正活着也没多大味儿。这类书可真不少，不知道为什么；也许是犯无期徒刑罪的太多；要不然便是太少——我自己就常想杀些写这类书的人。我可是还没杀过一个，一来是因为——我才明白过来——写这样书的人敢情有好些已经死了，比如写《尚书》的那位李二哥。二来是因为现在还有些人专爱念这类书，我不便得罪人太多了。顶好，我看是不管别人；我不爱念的就不动好了。好在，我爸爸没希望我成个学者。

第二类书也与咱无缘：书上满是公式，没有一个“然而”和“所以”。据说，这类书里藏着打开宇宙秘密的小金钥匙。我倒久想明白点真理，如地是圆的之类；可是这种书别扭，它老瞪着我。书不老老实实的当本书，瞪人干吗呀？我不能受这个气！有一回，一位朋友给我一本《相对论原理》，他说：明白这个就什么都明白了。我下了决心去念这本宝贝书。读了两个“配纸”[①]，我遇上了一个公式。我跟它“相对”了两点多钟！往后边一看，公式还多了去啦！我知道和它们“相对”下去，它们也许不在乎，我还活着不呢？

可是我对这类书，老有点敬意。这类书和第一类有些不同，我看得出。第一类书不是没法懂，而是懂了以后使我更糊涂。以我现在的理解力——比上我七岁的时候，我现在满可以做圣人了——我能明白“人之初，性本善”。明白完了，紧跟着就糊涂了；昨儿个晚上，我还挨了小女儿——玫瑰唇的小天使——一个嘴巴。我知道这个小天使性本不善，她才两岁。第二类书根本就看不懂，可是人家的纸上没印着一句废话；懂不懂的，人家不闹玄虚，它瞪我，或者我是该瞪。我的心这么一软，便把它好好

---

① 配纸：英文Page的音译，指页。

放在书架上；好打好散，别太伤了和气。

这要说到第三类书了。其实这不该算一类；就这么算吧，顺嘴。这类书是这样的：名气挺大，念过的人总不肯说它坏，没念过的人老怪害羞的说将要念。譬如说《元曲》，太炎“先生”的文章，罗马的悲剧，辛克莱的小说，《大公报》——不知是哪儿出版的一本书——都算在这类里，这些书我也都拿起来过，随手便又放下了。这里还就属那本《大公报》有点劲。我不害羞，永远不说将要念。好些书的广告与威风是很大的，我只能承认那些广告做得不错，谁管它威风不威风呢。

“类”还多着呢，不便再说；有上面的三项也就足以证明我怎样的不高明了。该说读的方法。

怎样读书，在这里，是个自决的问题；我说我的，没勉强谁跟我学。第一，我读书没系统。借着什么，买着什么，遇着什么，就读什么。不懂的放下，使我糊涂的放下，没趣味的放下，不客气。我不能叫书管着我。

第二，读得很快，而不记住。书要都叫我记住，还要书干吗？书应该记住自己。对我，最讨厌的发问是：“那个典故是哪儿的呢？”“那句书是怎么来着？”我永不回答这样的考问，即使我记得。我又不是印刷机器养的，管你这一套！

读得快，因为我有时候跳过几页去。不合我的意，我就练习跳远。书要是不服气的话，来跳我呀！看侦探小说的时候，我先看最后的几页，省事。

第三，读完一本书，没有批评，谁也不告诉。一告诉就糟：“嘿，你读《啼笑因缘》？”要大家都不读《啼笑因缘》，人家写它干吗呢？一批评就糟：“尊家这点意见？”我不惹气。读完一本书再打通儿架，不上算。我有我的爱与不爱，存在我自己心里。我爱念什么就念，有什么心得我自己知道，这是种享受，虽然显得自私一点。

再说呢，我读书似乎只要求一点灵感。“印象甚佳”便是好书，我没工夫去细细分析它，所以根本便不能批评。“印象甚佳”有时候并不是全书的，而是书中的一段最入我的味；因为这一段使我对这全书有了好感；其实这一段的美或者正足以破坏了全体的美，但是我不去管；有一段叫我喜欢两天的，我就感谢不尽。因此，设若我真去批评，大概是高明不了。

第四，我不读自己的书，不愿谈论自己的书。“儿子是自己的好”，我还不晓得，因为自己还没有过儿子。有个小女儿，女儿能不能代表儿子，就不得而知。“老婆是别人的好”，我也不敢加以拥护，特别是在家里。但是我准知道，书是别人的好。别人的书自然未必都好，可是至少给我一点我不知道的东西。自己的，一提都头疼！自己的书，和自己的运气，好像永远是一对儿累赘。

第五，哼，算了吧。

谈读书

朱光潜

十几年前我曾经写过一篇短文谈读书，这问题实在是谈不尽，而且这些年来我的见解也有些变迁，现在再就这问题谈一回，趁便把上次谈学问有未尽的话略加补充。

学问不只是读书，而读书究竟是学问的一个重要途径。因为学问不仅是个人的事而是全人类的事，每科学问到了现在的阶段，是全人类分途努力日积月累所得到的成就，而这成就还没有淹没，就全靠有书籍记载流传下来。书籍是过去人类的精神遗产的宝库，也可以说是人类文化学术前进轨迹上的记程碑。我们就现阶段的文化学术求前进，必定根据过去人类已得的成就做出发点。如果抹杀过去人类已得的成就，我们说不定要把出发点移回到几百年前甚至几千年前，纵然能前进，也还是开倒车落伍。读书是要清算过去人类成就的总账，把几千年的人类思想经验在短促的几十年内重温一遍，把过去无数亿万人辛苦获来的知识教训集中到读者一个人身上去受用。有了这种准备，一个人总能在学问途程上做万里长征，去发现新的世界。

历史愈前进，人类的精神遗产愈丰富；书籍愈浩繁，而读书也就愈不易。书籍固然可贵，却也是一种累赘，可以变成研究学问的障碍。它至少有两大流弊：第一，书多易使读者不专精。我国古代学者因书籍难得，皓首穷年才能治一经，书虽读得少，读一部却就是一部，口诵心唯，咀嚼得烂熟，透人身心，变成一种精神的原动力，一生受用不尽。现在书籍易得，一个青年学者就可夸口曾过目万卷，“过目”的虽多，“留心”的却少，譬如饮食，不消化的东西积得愈多，愈易酿成肠胃病，许多浮浅虚骄的习气都由耳食肤受所养成。其次，书多易使读者迷方向。任何一种学问的书籍现在都可装满一图书馆，其中真正绝对不可不读的基本著作往往不过数十部甚至于数部。许多初学者贪多而不务得，在无足轻重的书籍上浪费时间与精力，就不免把基本要籍耽搁了，比如学哲学者尽管看过无数种的哲学史和哲学概论，却没有看过一种柏拉图的《对话集》，学经济学者尽管读过无数种的教科书，却没有看过亚当·斯密的《原富》。做学问如作战，须攻坚挫锐，占住要塞。目标太多了，掩埋了坚锐所在，只东打一拳，西踏一脚，就成了“消耗战”。

读书并不在多，最重要的是选得精，读得彻底。与其读十部无关轻重的书，不如以读十部书的时间和精力去读一部真正值得读的书；与其十部书都只能泛览一遍，不如取一部书精读十遍。“好书不厌百回读，熟读深思子自知。”这两句诗值得每个读书人悬为座右铭。读书原为自己受用，多读不能算是荣誉，少读也不能算是羞耻。少读如果彻底，必能养成深思熟虑的习惯，涵泳优游，以至于变化气质；多读而不求甚解，则如驰骋十里洋场，虽珍奇满目，徒惹得心花意乱，空手而归。世间许多人读书只为装点门面，如暴发户炫耀家私，以多为贵。这在治学方面是自欺欺人，在做人方面是趣味低劣。

读的书当分种类，一种是为获得现世界公民所必需的常识，一种是为做专门学问。为获常识起见，目前一般中学和大学初年级的课程，如果认真学习，也就很够用。所谓认真学习，熟读讲义、课本并不济事，每科必须精选要籍三五种来仔细玩索一番。常识课程总共不过十数种，每种选读要籍三五种，总计应读的书也不过五十部左右。这不能算是过奢的要求。一般读书人所读过的书大半不止此数，他们不能得实益，是因为他们没有选择，而阅读时又只潦草滑过。

常识不但是现世界公民所必需，就是专门学者也不能缺少它。近代科学分野严密，治一科学问者多故步自封，以专门为借口，对其他相关学问毫不过问。这对于分工研究或许是必要，而对于淹通深造却是牺牲。宇宙本为有机体，其中事理彼此息息相关，牵其一即动其余，所以研究事理的种种学问在表面上虽可分别，在实际上却不能割开。世间绝没有一科孤立绝缘的学问。比如政治学须牵涉到历史、经济、法律、哲学、心理学以至于外交、军事等等，如果一个人对于这些相关学问未曾问津，入手就要专门习政治学，愈前进必愈感困难，如老鼠钻牛角，愈钻愈窄，寻不着出路。其他学问也大抵如此，不能通就不能专，不能博就不能约。先博学而后守约，这是治任何学问所必守的程序。我们只看学术史，凡是在某一科学问上有大成就的人，都必定于许多他科学问有深广的基础。目前我国一般青年学子动辄喜言专门，以至于许多专门学者对于极基本的学科毫无常识，这种风气也许是在国外大学作博士论文的先生们所酿成的。它影响到我们的大学课程，许多学系所设的科目"专"到不近情理，在外国大学研究院里也不一定有。这好像逼吃奶的小孩去嚼肉骨，岂不是误人子弟？

有些人读书，全凭自己的兴趣。今天遇到一部有趣的书就把预拟做的事丢开，用全副精力去读它；明天遇到另一部有趣的书，仍是如此办，虽然这两书在性质上毫不相关。一年之中可以时而习天文，时而研究蜜蜂，时而读莎士比亚。在旁人认为重要而自己不感兴味的书都一概置之不理。这种读法有如打游击，亦如蜜蜂采蜜。它的好处在使读书成为乐事，对于一时兴到的著作可以深入，久而久之，可以养成一种不平凡的思路与胸襟。它的坏处在使读者泛滥而无所归宿，缺乏专门研究所必需的“经院式”的系统训练，产生畸形的发展，对于某一方面知识过于重视，对于另一方面知识可以很蒙昧。我的朋友中有专门读冷僻书籍，对于正经正史从未过问的，他在文学上虽有造就，但不能算是专门学者。如果一个人有时间与精力允许他过享乐主义的生活，不把读书当作工作而只当作消遣，这种蜜蜂采蜜式的读书法原亦未尝不可采用。但是一个人如果抱有成就一种学问的志愿，他就不能不有预定计划与系统。对于他，读书不仅是追求兴趣，尤其是一种训练、一种准备。有些有趣的书他须得牺牲，也有些初看很干燥的书他必须咬定牙关去硬啃，啃久了他自然还可以啃出滋味来。

读书必须有一个中心去维持兴趣，或是科目，或是问题。以科目为中心时，就要精选那一科要籍，一部一部地从头读到尾，以求对于该科得到一个概括的了解，做进一步高深研究的准备。读文学作品以作家为中心，读史学作品以时代为中心，也属于这一类。以问题为中心时，心中先须有一个待研究的问题，然后采关于这问题的书籍去读，用意在收集材料和诸家对于这问题的意见，以供自己权衡去取，推求结论。重要的书仍须全看，其余的这里看一章，那里看一节，得到所要搜集的材料就可以丢手。这是一般做研究工作者所常用的方法，对于初学不相宜。不过初学者以科目为中心时，仍可约略采取以问题为中心的微意。一书做几遍看，每一遍只着重某一方面。苏东坡与王郎书曾谈到这个方法：

> 少年为学者，每一书皆作数次读之。当如入海百货皆有，人之精力不能并收尽取，但得其所欲求者耳。故愿学者每一次作一意求之，如欲求古今兴亡治乱圣贤作用，且只作此意求之，勿生余念；又别作一次求事迹文物之类，亦如之。他皆仿此。若学成，八面受敌，与慕涉猎者不可同日而语。

朱子尝劝他的门人采用这个方法。它是精读的一个要诀，可以养成仔细分析的习惯。举看小说为例，第一次但求故事结构，第二次但注意人物描写，第三次但求人物与故事的穿插，以至于对话、辞藻、社会背景、人生态度等都可如此逐次研求。

读书要有中心，有中心才易有系统组织。比如看史书，假定注意的中心是教育与政治的关系，则全书中所有关于这问题的史实都被这中心联系起来，自成一个系统。以后读其他书籍如经子专集之类，自然也常遇着关于政教关系的事实与理论，它们也自然归到从前看史书时所形成的那个系统了。一个人心里可以同时有许多系统中心，如一部字典有许多“部首”，每得一条新知识，就会依物以类聚的原则，汇归到它的性质相近的系统里去，就如拈新字贴进字典里去，是人旁的字都归到人部，是水旁的字都归到水部。大凡零星片段的知识，不但易忘，而且无用。每次所得的新知识必须与旧有的知识联络贯串，这就是说，必须围绕一个中心归聚到一个系统里去，才会生根，才会开花结果。

记忆力有它的限度，要把读过的书所形成的知识系统，原本枝叶都放在脑里储藏起，在事实上往往不可能。如果不能储藏，过目即忘，则读亦等于不读。我们必须于脑以外另辟储藏室，把脑所储藏不尽的都移到那里去。这种储藏室在从前是笔记，在现代是卡片。记笔记和做卡片有如植物学家采集标本，须分门别类订成目录，采得一件就归入某一门某一类，时间过久了，采集的东西虽极多，却各有班位，条理井然。这是一个极合乎科学的办法，它不但可以节省脑力，储有用的材料，供将来的需要，还可以增强思想的条理化与系统化。预备做研究工作的人对于记笔记做卡片的训练，宜于早下功夫。

漫谈读书

梁实秋

我们现代人读书真是幸福。古者，“著于竹帛谓之书”，竹就是竹简，帛就是缣素。书是稀罕而珍贵的东西。一个人若能垂于竹帛，便可以不朽。孔子晚年读《易》，韦编三绝，用韧皮贯联竹筒，翻来翻去以至于韧皮都断了，那时候读书多么吃力！后来有了纸，有了毛笔，书的制作比较方便，但在印刷之术未行以前，书的流传完全是靠抄写。我们看看唐人写经，以及许多古书的抄本，可以知道一本书得来非易。自从有了印刷术，刻板、活字、石印、影印，乃至于显微胶片，读书的方便无以复加。

物以稀为贵。但是书究竟不是普通的货物。书是人类的智慧的结晶，经验的宝藏，所以尽管如今满坑满谷的都是书，书的价值不是用金钱可以衡量的。价廉未必货色差，畅销未必内容好。书的价值在于其内容的精到。宋太宗每天读《太平御览》等书二卷，漏了一天则以后追补，他说：“开卷有益，朕不以为劳也。”这是“开卷有益”一语之由来。《太平御览》采集群书一千六百余种，分为五十五门，历代典籍尽萃于是，宋太宗日理万机之暇日览两卷，当然可以说是“开卷有益”。如今我们的书太多了，纵不说粗制滥造，至少是种类繁多，接触的方面甚广。我们读书要有抉择，否则不但无益而且浪费时间。

那么读什么书呢？这就要看各人的兴趣和需要。在学校里，如果能在教师里遇到一两位有学问的，那是最幸运的事，他能适当地指点我们读书的门径。离开学校就只有靠自己了。读书，永远不恨其晚。晚，比永远不读强。有一个原则也许是值得考虑的：作为一个道地的中国人，有些部书是非读不可的。这与行业无关。理工科的、财经界的、文法门的，都需要读一些蔚成中国文化传统的书。经书当然是其中重要的一部分，史书也一样的重要。盲目地读经不可以提倡，意义模糊的所谓“国学”亦不能餍现代人之望。一系列的古书是我们应该以现代眼光去了解的。

黄山谷说：“人不读书，则尘俗生其间，照镜则面目可憎，对人则语言无味。”细味其言，觉得似有道理。事实上，我们所看到的人，确实是面目可憎语言无味的居多。我曾思索，其中因果关系安在？何以不读书便面目可憎语言无味？我想也许是因为读书等于是尚友古人，而且那些古人著书立说必定是一时才俊，与古人游不知不觉受其熏染，终乃收改变气质之功，境界既高，胸襟既广，脸上自然透露出一股清醇爽朗之气，无以名之，名之曰书卷气。同时在谈吐上也自然高远不俗。反过来说，人不读书，则所为何事，大概是陷身于世网尘劳，困厄于名缰利锁，五烧六蔽，苦恼烦心，自然面目可憎，焉能语言有味？

当然，改变气质不一定要靠读书。例如，艺术家就另有一种修为。“伯牙学琴于成连先生，三年不成。成连言吾师方子春今在东海中，能移人情。乃与伯牙偕往，至蓬莱山，留伯牙宿，曰：‘子居习之，吾将迎师。’刺船而去，旬时不返。伯牙延望无人，但闻海水澒洞崩坼之声，山林窅冥，群鸟悲号，怆然叹曰：‘先生将移我情矣。’乃援琴而歌，曲成，成连刺船迎之而返。伯牙之琴，遂妙天下。”这一段记载，写音乐家之被自然改变气质，虽然神秘，不是不可理解的。禅宗教外别传，根本不立文字，靠了顿悟即能明心见性。这究竟是生有异禀的人之超绝的成就。以我们一般人而言，最简便的修养方法是读书。

书，本身就是情趣，可爱。大大小小形形色色的书，立在架上，放在案头，摆在枕边，无往而不宜。好的版本尤其可喜。我对线装书有一分偏爱。吴稚晖先生曾主张把线装书一律丢在茅厕坑里，这偏激之言令人听了不大舒服。如果一定要丢在茅厕坑里，我丢洋装书，舍不得丢线装书。可惜现在线装书很少见了，就像穿长袍的人一样的稀罕。几十年前我搜求杜诗版本，看到古逸丛书影印宋版蔡孟弼《草堂诗笺》，真是爱玩不忍释手，想见原本之版面大，刻字精，其纸张墨色亦均属上选。在校勘上笺注上此书不见得有多少价值，可是这部书本身确是无上的艺术品。

我的爱读书

施蛰存

我读过不少的书，虽然在古今中外的书堆里，这所谓“不少”也者，还不过是大海中一点浪花，但在我自己的记忆中，这也不算是个小数目了。在这不少的书中间，本刊编者要我举出我所最爱读的书名来谈谈，这却很难说了。在我的记忆中，可能有些爱读的书，但哪一本是我“最”爱读的，这个选择却无从效命了。

现在，让我来拟定几个标准：

（一）如果说，凡是读得遍数最多的、就是最爱读的，那么，我应当举出《水浒传》来，这是小时候炒过七八遍冷饭的（吾乡俚谓重读旧书曰炒冷饭）。然而《论语》《史记》《诗经》《楚辞》之类，我也何止看过七八遍，到如今我并不以为那是最爱读的书。所以这个标准靠不住。

（二）如果说对我印象最深的书就是最爱读的书，那么，我应当举出赵景深译的《柴霍甫短篇小说集》和李青崖译的《莫泊桑短篇小说集》来，但我并不觉得对它们有多大的“爱”。

（三）如果说，我常常带在身边的书就是我最爱读的书，那么，我应当举出一部《词林记事》来，但是，一部《康熙字典》也同样地跟了我二十年，你以为我最爱读《康熙字典》吗?

我想，最好让我来谈谈我所爱读的书，如果编者更宽容一些，最好把一个“读”字也删掉。真的，有些书是我所爱的，但并不是为了读。不过，现在是在“读”的范围之内，找寻几种可以说是我所爱的，先从诗说起。

Loeb经典丛书里的《希腊诗选》、Palqrave的《英诗金库》和Monroe与Henderson合编的《新诗选》，这三本都是好书，可以说是我所喜欢的，也是随时翻读的。我常常想在中国诗选中找三本能够抵得过这三本外国诗的，《诗经》勉强可以抵得了《希腊诗选》，沈德潜的《古诗源》加上徐陵的《玉台新咏》只好抵《英诗金库》的半本，唐以后诗的选本就没有可以满意的了。况且我们还有词，而词的选本也着实不容易推举出一种满意的来。至于现代的新诗，可怜到现在还没有一个赶得上《新诗选》十分之一的选本。

在小说这方面，我喜欢梅里美的《嘉尔曼》（近来有人译作卡门，我很厌这两个字）、高莱特的《米佐》、安特森的

《俄亥俄州温斯堡小城的故事》，以及上文曾经说起过的柴霍甫及莫泊桑的短篇小说，还有耿济之译的高尔基的《俄罗斯浪游漫记》。我不很喜欢长篇小说，所以这里开列出来的都是中篇和短篇。在中国小说部分，《水浒传》以外，当然应该推举《儒林外史》了。但这两本书对于我的兴味，实在还赶不上《清平山堂话本》。

关于散文的书，我想提起的只有两本外国人的著作，而且都是英国人的。

一本是乔治·吉辛的《亨利·雷克洛夫随笔》，现在我们有了李霁野的译本，题名《四季随笔》（台湾省编辑馆印行）。另外一本是小说家莫姆的《西班牙印象记》，这不是莫姆的代表作，许多人几乎忘记了有这么一本书，但是我却觉得它挺好。

在中国古典方面，我以为《洛阳伽蓝记》是第一本散文，以下就得推到宋人的许多题跋了。李笠翁的《闲情偶寄》可取得者不过十之一二，鼎鼎大名的《浮生六记》我却不敢恭维，觉得苏州才子气太洋溢了。近人著作则沈从文的《湘西》与《湘行散记》都不错，但这两本关于湘西的散文实在抵不上作者的一本小说《边城》。废名的《枣》倒是一本极好的散文，虽则人家都把它算作小说。梁遇春的《春醪集》，我们也不应该让它被冷落下去，它可以与钱锺书的《写在人生边上》并读。这两本都是英国式的散文，在冲淡和闲雅这一点上，钱君似乎犹去梁一间。

以上所提的书，可以说是我的爱读书的一部分。也许还只是一小部分，偶尔拈得，略叙如此，并非敢在作者之林中，把其余一切好书都抹杀者。在我个人，“爱读书”与“爱的书”之间，我的感情还是特别爱好着那些“爱的书”。将来有机会，也许会在本刊上与读者诸君谈谈我那些极爱好而并不为了读的书籍。

辑二

天下第一好事，还是读书

凡读书之人，
谁都能发现属于自己的
一种独特之乐。

读书之乐

朱鸿

读书的重要性谁不知道呢？可惜中国的人均读书量不高，读书的自觉性也疲软不强，低迷不扬。

实际上读书不但重要，而且固有其乐。

读书之苦当然也是存在的。我计读书之苦，共有七类。其一，想，很是羡慕，唯缺乏天赋，恨不得抛头碰墙以启慧，读书苦。其一，具材质，无兴趣，读书苦。其一，聪明也够聪明，兴趣也来兴趣，遗憾卓越之著受查封，遭禁毁，只余务农、种树和治病之篇，读书苦。其一，考试所逼，目的在分数，读书苦。其一，遵命所为，是分派的任务，还要出产一些豪壮的体会，读书苦。其一，不得不为文成序，给平庸的甚至拙劣之作以评论，读书苦。其一，钢琴或麻将之声穿窗入耳，思不专注，虑不凝聚，读书苦。

不过读书之事从来是好的。自古及今，读书的中国人真是像江河一样源远流长，浩浩荡荡，挤破了社会进步的大道和小径，是因为读书有益。遍地的乡村，其门楣曾经多会镌刻二字曰耕读，既含物质，又含精神，构成了几千年避免失衡的文明。为了励学，有的皇帝竟直接指出读书的功利曰：书中自有黄金屋，书中自有颜如玉。总之，中国的传统是读书可敬，读书为上，读书可以进其身，光耀其祖先，繁荣其子孙。

读书之有益，仅仅是这些看起来渗沁色而结包浆的古董吗？不！读书之有益也是变化的，完全可以适应并支持人的生存和发展。显然，读书还能辨恶识善，远伪近真，减愚增智，祛俗养雅；使富者慈悲，贫者坚毅，给美者锦上添花，丑者雪中送炭；见贤闻圣，是求索者的通天路，驱鬼迎神，是苦难者的避难所。

读书不但有益，而且有乐。从消遣到享受，什么口味都会满足的。读书之乐多矣！

读文学之乐，在于激潜情，荡沉感，兴以愉悦，虽然久隔数千年，遥距几万里，可以触怀通灵，发生共鸣。“东临碣石，以观沧海。水何澹澹，山岛竦峙。树木丛生，百草丰茂。秋风萧瑟，洪波涌起。日月之行，若出其中；星汉灿烂，若出其里。幸甚至哉，歌以咏志。”曹操之气何壮。“今日天气佳，清吹与鸣弹。感彼柏下人，安得不为欢。清歌散新声，绿酒开芳颜。未知明日事，余襟良已殚。”陶潜之胸何旷。“自断此生休问天，杜曲幸有桑麻田，故将移往南山边。短衣匹马随李广，看射猛虎终残年。”杜甫对唐玄宗失望至极，对自己的命运也无可奈何，其膺何愤！

读文学之乐，也在于发现人性的复杂性，人世的可能性。曹雪芹之深奥，托尔斯泰之崇高，马尔克斯之酣畅，无不令人喜而喟叹！青春期读爱情小说，申冤中读复仇小说，深夜里读悬疑小说，也颇为刺激！

读历史之乐，在于破获巨大的秘密，其陶然若勘探得矿，出土得物。

春秋战国，风云际会，从而中原之上，江河之滨，制度的文明或野蛮得以水落石出，鼓息剑挥，其影响远矣。窃以为，楚国的失败，秦国的胜利，平多极，立一极，是杜牧所发现的天下人不敢言之始。楚国的失败，是以臣子费无忌把一枚病毒输进了楚国之躯所肇。让楚平王娶太子的妻，遂使骨肉相恨，君臣相仇，此乃费无忌的病毒，它终于催生了伍子胥挖墓鞭尸的凶兆。小人往往是不幸之种，费无忌实为小人。秦国的胜利，显示了暴力的能量，然而暴力并非万全。尽管秦得了天下，可惜秦的气量窄小，不足以包容九州，遂经营十五年而崩溃。明之灭，是以官之腐败，民之颓废；而清之灭，则因为它不能进行有效的社会动员和改革，以理顺内愤，防御外侵。俄罗斯之痛，缘起机关枪扫射了尼古拉二世一家。不过迹象表明，东正教似乎正在慢慢安抚北极熊[①]的创伤。美国之减色，之声坏，是以克林顿发轫的。他和莱温斯基在号令之地干了龌龊的勾当，也就玷污了构筑美国的理念。

读历史之乐，还在于知道兴亡有数，盛衰必转，尤其是肉食者或统治者结局难料。秦子婴乘白车，穿白衫，缴出了玉玺。汉孺子婴任王莽摆设，死于混战，葬于不明之土。晋愍帝出降，竟坐羊车，赤身，口衔一璧。法国激进者或革命者，丹东杀国王，罗伯斯庇尔又杀丹东，断头台又杀罗伯斯庇尔。

读历史之乐，乐极生恐，也生悲。然而不必怕，不要却步，因为乐是主要的。

读哲学之乐，在于以短暂之生涯考察永恒之宇宙，并研究人和宇宙如何相处，人与人如何相处，是智者之所为。老子说："道可道，非常道。"又说："道之为物，惟恍惟惚。"还说："故道大，天大，地大，人亦大。"道很重要，也很玄奥，遂想得道。然而道究竟是什么？谁知道呢？赫拉克利特说："我们既踏进又不踏进同一条河流；我们既存在又不存在。"琢之磨之，似乎意味深长，俄而又似乎柳暗花明。柏拉图推崇善，说："善不是本质，而且在尊严和威力上要远远高出于本质之上。"亚里士多德也推崇善，认为善就是幸福，是灵魂的一种活动。康德注

① 北极熊：北极熊被视作俄罗斯的象征，故以此指代俄罗斯。

意到自由的宝贵，说：“再没有任何事情会比人的行为要服从他人的意志更可怕了。”黑格尔的观点是诡谲的，其肯定性与颠覆性是交织的，有糖衣药丸之感，颇具鼓舞的作用，他说：“凡是合乎理性的东西都是现实的，凡是现实的东西都是合乎理性的。”叔本华，一个令人郁闷的家伙，他说：“生活中值得嫉妒的人寥若晨星，但命运悲惨的人却比比皆是。”基于此，他感到先生或女士这种称谓方式并不准确。他认为恰当的称谓应该是：“我苦难的同胞！”叔本华也够歹了！

对于一个只知道赚钱，赚钱之后只知道满足食欲和发泄性欲的人，哲学完全无用。然而我必须告诉这些可怜的人：哲学会使人耽于一种宏大问题的思考之中，使人如神游一般，它所导出的欣慰是干净的，恬静的，肃穆的，甚至是豪华的，若太阳升起，玫瑰绽放！

神话之乐，在乎它是原始性的创造，创造性的幻想，幻想性的经典，蕴含着一个民族的价值取向和追求。地理之乐，在乎它显示这样一种现象：地理决定生活，生活孕育文化，文化反哺其民或反拘其民。其提醒着：人啊！要选择环境，要把羊领到水草丰茂的地方去！逻辑之乐，在乎它能有序推理，有力论证，并对荒谬的推理和论证做出非常有效的识别、揭露和反驳，从而使真理大白于天下，是一种使思维严谨和精密的方法。读人类学，读社会学，读心理学，读伦理学，读生物学或动物学、解剖学，读数学，读物理学，读化学，应该各有其乐。书如瀚海和群山，无乐不备，无乐不秘，无乐不藏。凡读书之人，谁都能发现属于自己的一种独特之乐。实际上一种乐就是万种乐，足以使人沉醉其中。

读书之乐，唯纸质书才有。纸质书由草木所制，是生命之物。灵魂以处纸质书而安，呼吸也为之得畅。纸质书是宁和的，也是清雅的，温馨的，即使看一看它，摸一摸它，也觉得舒服。它的书脊、封面和封底，无不让人亲近，甚至仅仅一瞥，也怦然而应，使人留步，倾身，随之举手开卷。读纸质书，动容以吟，悟而首肯，是一种久传的风雅。读纸质书，如居推轩见竹之屋，如穿布衣或丝裳，如以紫砂壶饮茶，是一种不争自高的品味。所费不多，就可以读纸质书，何乐而不为呢！

读书的癖好

周国平

人的癖好五花八门，读书是其中之一。但凡人有了一种癖好，也就有了看世界的一种特别眼光，甚至有了一个属于他的特别的世界。不过，和别的癖好相比，读书的癖好能够使人获得一种更为开阔的眼光，一个更加丰富多彩的世界。我们也许可以据此把人分为有读书癖的人和没有读书癖的人，这两种人生活在很不相同的世界上。

比起嗜书如命的人来，我只能勉强算作一个有一点读书癖的人。根据我的经验，人之有无读书的癖好，在少年甚至童年时便已见端倪。那是一个求知欲汹涌勃发的年龄，不必名著佳篇，随便一本稍微有趣的读物就能点燃对书籍的强烈好奇。回想起来，使我发现书籍之可爱的不过是上小学时读到的一本普通的儿童读物，那里面讲述了一个淘气孩子的种种恶作剧，逗得我不停地捧腹大笑。从此以后，我对书不再是视若不见，而是刮目相看了，我眼中有了一个书的世界，看得懂看不懂的书都会使我眼馋心痒，我相信其中一定藏着一些有趣的事情，等待我去见识。随着年龄增长，所感兴趣的书的种类当然发生了很大的变化，对书的兴趣则始终不衰。现在我觉得，一个人读什么书诚然不是一件次要的事情，但前提还是要有读书的爱好，而只要真正爱读书，就迟早会找到自己的书中知己的。

读书的癖好与所谓刻苦学习是两回事，它讲究的是趣味。所以，一个认真做功课和背教科书的学生，一个埋头从事专业研究的学者，都称不上是有读书癖的人。有读书癖的人所读之书必不限于功课和专业，反倒是更爱读课外和专业之外的书籍，也就是所谓闲书。当然，这并不妨碍他对自己的专业发生浓厚的兴趣，做出伟大的成就。英国哲学家罗素便是一个在自己的专业上做出了伟大成就的人，然而，正是他最热烈地提倡青年人多读“无用的书”。其实，读“有用的书”即教科书和专业书固然有其用途，可以获得立足于社会的职业技能，但是读“无用的书”也并非真的无用，那恰恰是一个人精神生长的领域。从中学到大学到研究生，我从来不是一个很用功的学生，上课偷读课外书乃至逃课是常事。我相信许多人在回首往事时会和我有同感：一个人的成长基本上得益于自己读书，相比之下，课堂上的收获显得微不足道。我不想号召现在的学生也逃课，但我国的教育现状确实令人担忧。中小学本是培养对读书的爱好的关键时期，而现在的中小学教育却以升学率为唯一追求目标，为此不惜将超负荷的功课加于学生，剥夺其课外阅读的时间，不知扼杀了多少孩子现在和将来对读书的爱好。

那么，一个人怎样才算养成了读书的癖好呢？我觉得倒不在于读书破万卷，一头扎进书堆，成为一个书呆子。重要的是一种感觉，即读书已经成为生活的基本需要，不读书就会感到欠缺和不安。宋朝诗人黄山谷有一句名言："三日不读书，便觉语言无味，面目可憎。"林语堂解释为：你三日不读书，别人就会觉得你语言无味，面目可憎。这当然也说得通，一个不爱读书的人往往是乏味的因而不让人喜欢的。不过，我认为这句话主要还是说自己的感觉：你三日不读书，你就会自惭形秽，羞于对人说话，觉得没脸见人。如果你有这样的感觉，你就必定是个有读书癖的人了。

有一些爱读书的人，读到后来，有一天自己会拿起笔来写书，我也是其中之一。所以，我现在成了一个作家，也就是以写作为生的人。我承认我从写作中也获得了许多快乐，但是，这种快乐并不能代替读书的快乐。有时候我还觉得，写作侵占了我的读书的时间，使我蒙受了损失。写作毕竟是一种劳动和支出，而读书纯粹是享受和收入。我向自己发愿，今后要少写多读，人生几何，我不该亏待了自己。

旅途读书

止庵

对我来说，在旅途中也像是在家中。在家中我一个人独处的时候喜欢读书，在旅途中也是这样。看窗外的风景要有心境，而且我自知也不是那种能长时间流连于山光水色的人，年轻的时候我倒是沿袭古风，写过不少山水诗，但近来却似乎是越来越满足于“一瞥”了。与陌生人搭话一来不免有些戒心，二来实在是没有什么意思，我在家里尚且深居简出，何况人在天涯呢。那么就读书罢。旅途读书，仿佛带着自己的世界远行。

在家中的时候，我是喜欢独自站在书柜前，这本翻翻，那本翻翻，摩挲一下封面，看看作者的照片、小传，乃至前言后记之类。这也就消磨去半日。在旅途中可就没有这么方便，只能挑选一两本，为此总是颇费心思。带在旅途中看的书不能太厚，太厚拿不了；也不能太薄，两下子就看完了。不能太不容易看，那就抵御不了环境的嘈杂；也不能太容易看，因为漫漫路上看的书要能禁时候。

我在旅途中看书最多的一次是在十年前，那是乘火车去哈尔滨省亲，我带了两本书：陀思妥耶夫斯基的《被欺凌与被侮辱的》和莫泊桑的《一生》。途中有二十多个小时。坐的硬座，除去打盹儿和吃东西，大约剩下一多半时间可用。一往一返，两本书都读完了。过了这么久，书的内容还记得很清楚，比如前几天与人谈到陀氏书中开头的情节：一个老人领着一条老狗，忽然狗死了，过一会儿人也死了。我说这才是惊心动魄；须得有孤苦无告做底子，才是真的相依为命。当然这是题外话了。附带说一句，十来年前我大量读书的时候，很多书都是在车上读的，不过那多是公共汽车。我上大学每日回家，往返途中一本接一本地读书，其中包括几种上百万字的长篇小说。公共汽车上读书以春秋二季为宜，夏天太热，书易为手汗所污，冬天太冷，伸不出手，天黑亦很早，我上车时往往已看不见了。——扩大地讲，这也算“旅”罢，所以也是“旅途读书”。

有好几本书我都是正看到一半，赶上要出门，只好把书带上，在路上看完了。记得有卡内蒂的《迷惘》，纳博科夫的《洛丽塔》，还有别的。说起来这倒是一件有意思的事情。“父母在，不远游”，圣人教诲在焉，或有别义，但离家独自远行终究有些别扭。最主要的一个感觉就是生活的中断。好比一本书看到一半就完了，而新的一本又迟迟没有打开。在旅途中读已经开始读了的书或可稍稍缓解这种迷惘。我一边读一边觉得总归不是因为背起行囊就把什么都放下了，生活还在延续。旅途读书，有似与人偕行，那么这就是一位熟人了。

旅途中看书也有扫兴的时候。譬如坐火车罢。坐在对面的人免不了要与你搭讪。“看什么书呢？”拿过去一看，有些意思，他就看起来，不管你作何感想。有一次到青岛去，带着一本《长安客话》，躺在对面卧铺上的老哥也曾要过去，不过看了两眼，说句“没意思”就还了回来，却不知我正乐得。

旅途读书还可能有意想不到的事情发生，不过不是我的事，而是一位朋友的经历。他自武汉往上海去，或者别的什么旅程，总之是在长江上乘船。读的是一本诗集《蔷薇集》。偶有别的事出舱去，看了一半的书扣在铺上。回来时看见邻铺的一位少女正在看他那本书，他刚才读到的那首题为《海鸥》，这好像恰恰是那女郎的名字，两个人便谈起这首诗来，谈得又很投机。后来旅途尽了，彼此还有一段往来。这等事说来只在小说电影中有过，不想还真能发生。但是我却未曾逢着，说起来许是没有那个造化罢。

吃花

黎戈

读丘彦明的田园手记《浮生悠悠》，此女嗜花草，为了延长花期，不惜关了暖气，窗外大雪如席，她自拥被赏花，这个痴着甚是可爱。她不但植花惜花护花，更吃花。临睡前喝德国甘菊茶促眠，咳嗽时饮来时花，煮面时扔几朵蒲公英，做汤时撒一簇黄瓜草花，紫色的蓓蕾在汤面徐徐展开，暗香徐来，倍添画意。如斯细节，让人觉得这个女子确实是兰心蕙质，巧手锦心。这个吃花是清欢之味。

说实话，吃花常常是审美快感，或是意象附会大于实用目的，无须承担写实责任的武侠书里，常有此类角色。金庸笔下有一个女子，穿花拂柳、闲庭信步间，随时随地就摘了鲜花来吃，就像小孩子吃零食，长此享用鲜花食谱的结果是，她面色红润，吐气若兰，周身香气馥郁，如小花小鹿般原味天真。当然，地球人都知道，我说的是香香公主。金庸笔下没有烟火气的女人都让我发寒。香香公主话说年已十八，长于乱世，可是依旧稚拙娇憨，不解世事。这样她就成功地把应世的压力转移给周围人了，还可以理直气壮地免责。她小指头都不动一下，只凭几抹憨笑，即刻抢走霍青桐的心上人。霍姐姐指挥千军万马，眉色不动，气度不输于男儿，可惜拿这个吃花的巨婴妹妹毫无办法。香香的灵感源头，应该是那个吃雪莲的香妃吧。便是香妃的传说，我觉得也是强化她异域气质的文学手段罢了。

女人吃花，是为了强调其花性：色美，不俗，气韵动人。男人食花，多半是意识形态处用力，踮了脚跟摆名士pose。屈原在《离骚》中说："朝饮木兰之坠露兮，夕餐秋菊之落英。"菊科植物确实自古是食用品，但是老先生的话里，似乎还是为了标榜自己的"品"之不流俗，倒不见得是顿顿吃菊叶汤吧。《离骚》怎么都不如《诗经》朴素可爱，它把植物都划分成恶草香草，野蛮附会，用于自比，小心眼。

花可以吃精神，吃气质，还可以吃它的意味。《盛世恋》里，新妇清早醒来，对男人怀了隔宿的怨气，把百合的落英一口口吃掉，说"看上去那么美，却味苦"，其实这是譬喻婚姻。既要实用又要娱乐性，存了求全的心，难怪这婚事不得善终。从科学角度来说，百合花单宁酸含量高，味涩且微酸，口感自然不佳。

花还可以吃形：《红楼梦》里，宝玉染恙，要食一点清鲜开胃的东西，凤姐便寻了花色模具出来，做了花形的面疙瘩汤给他吃。小时候爸爸从扬州带回来琼花饼给我吃，就是面饼做成琼花的样子，滋味平平，唯独那脆薄如云的形制，颇有几分形似，有意趣，不能忘。花可以吃香：由玫瑰花提取的玫瑰精油，制出祛口臭的含片、口香糖，不但可以养胃，也可以齿颊留香。梁实秋老来常怀恋京都旧食，有一味是藤萝饼，念念不忘。其实此物制作非常便利，就是把藤萝花加了脂油丁和白糖拌匀清蒸就好了。饼色暖红，芬芳清冽，春情动人，哈哈，可以叫春色饼。茉莉花可以酿酒，将花露涂于碗底，倒扣在酒瓶上方，经月乃成。开瓶气味氤氲，浑然天成，据说《金瓶梅》里用的就是这个方子。孙雪娥是个烹饪高手，另外还做过一道木樨鱼干，这是拿桂花调味。花可以吃露：孟晖的《画堂香事》，非常的女性化而且有操作性，比如她提出，可以用咖啡机自助做出玫瑰香露，只要下班时带把玫瑰回来，用蒸馏意大利咖啡的方式，片刻即成，可拌饭，可香体，可熏室。

花可以吃质：除了毒害品种，大多数体味清淡的花卉，都可以裹了面糊，清炸食用。车前子也写吃花，吃的是“萱草”，古人喜欢把它植于中庭，用以怀恋母亲。车前子的笔墨一向轻灵调皮，“吃出我一嘴惆怅”。同为苏州人的朱文颖写过花宴，说是道道都与花有关，非常精细且费神，朱是个比较精神化的写手，也很少流连于物质细节，我好像从不记得她笔下的吃喝玩乐这类琐细。南宋吴太后，礼佛，戒杀生，然风雅，她常常取了梅花凉拌，而且，只食落英，真是宅心慈悲。花也可吃色：丘彦明就很喜欢黄瓜草的紫花，常拿来装饰冰激凌。

我多少有点花痴，但并不热衷吃花。过去因为身体的缘故，一直在吃红花和玫瑰，也不是刻意服用，不过是中药袋里夹带的零星花蕾。玫瑰花给我挑出来泡茶喝了，据说是可以活血养颜，可惜它们是染色处理过的，颜色全掉进水里了，对我的颜面，倒没看出有啥裨益。薰衣草是放在透明茶壶里，睡前需要宁神时，煮了片刻食用，多半是为了欣赏其水色微紫，宁静怡人，口感也寡淡，没啥回味。甘菊好些，尤其是小品种，黄心的杭白菊，冬日手执一杯，润喉清咽，且香气清远。花茶的常用搭档是茉莉绿茶、桂花红茶，我倒嫌它干扰了茶汤，还不如清品，存本味。

空空如也

房蒙

一个周末的下午，在忙完了所有的事情之后，我独自坐在会议室里看了很久的书。那是一间狭小的会议室，只够摆下一套供十人开会的桌椅——我坐在会议桌的一端，抬头望向两排空空的座椅，是的，一个人也没有。即便把座椅想象成一个个就绪的怀抱，也没人来成全那种热情，只会加重孤独的情绪。可是说真的，那一刻我并没有感到孤独。窗子大敞着，窗外喧嚣一片，依旧还是人类全面接管的世界。夏日里温煦却也凉爽的风吹进来，拂过我，又从另一侧的门里穿出去，我只感到一种透彻的平静。

书，已经没几页了。密密麻麻的文字开始在我眼里晃来晃去——我发誓，我只是打了一个小盹，大概不足以容下一个睡梦的开头，就被一阵电话铃声吵醒了。是我儿子的电话，他言辞恳切地问我能不能带他去陶然亭公园玩一会。我明确地回答他，不能！我知道他在家里闷了一整天了，但我真的讨厌他三番五次地改变主意，在我看来这真不是一种好的做派。他继而辩解说这是答应过他的事情。我说，什么时候？他说是三个月前。——何其浮夸的一个答案，怎么会有这样的想法呢？抱歉，我并不记得三个月前有过什么郑重的承诺。当然，我很清楚这般年龄的固执，在这一点上，他其实特别像曾经的那个我——我是否也曾这样任性到将道理弃置不顾？

我决意在日落前看完这本康·帕乌斯托夫斯基的《金蔷薇》，我总是在一本书将尽之时感到一种急迫，仿佛一个隆重的使命马上就能兑现。我也曾无数次试图克服却终不能摆脱，这是否是我独有的一种顽症？作者讲述他乘军用卡车从德涅斯特河上的雷布尼察去往蒂拉斯波尔的经历，半路上遇到空袭，匍匐在旁侧的卡车司机问他，您趴在子弹下边时，都在想些什么？会想过去的事吗？他说，会。卡车司机说，他也会，他会想起家乡科斯特罗马的森林，要是能够活下来，复员后就要求回家乡去当护林员，带着他的好脾气、好模样的老婆和可爱的女儿。他问帕乌斯托夫斯基，你们的森林棒吗？帕乌斯托夫斯基回答了他一个字：棒！然后作者开始“不厌其烦”地描述其家乡的森林——开着簌簌发响的有鳞片的蜡菊花的幼松林，树干上披着好似绿色天鹅绒一般闪闪发亮的青苔的白桦林……但说真的，我无意投身于这样一种详尽而细腻的描述中去，直白点说，我暂时进入不到他的情感中去，我找不到那种身临其境的感受。

终于，翻到了最后一页的《与自己话别》，我站起来，扑打一下身子，假装一副风尘仆仆的样子——的确，从书的开头读到结尾，很像是一次艰苦的跋涉。我合上书去关窗，见到楼下花园边缘处的人们，他们在修建一座国旗台，叮叮当当地响了一整天了。他们用红砖砌成内胎，外壁用花岗岩石板衬砌，看样子已有四十厘米高了，或者五十厘米？再远处是个不大的池子，喷泉是初夏时节最生动的部分。远远地望过去，虽然见不真切，却能想象得出池中半臂长色彩斑斓的锦鲤的游弋。我不知道用自由自在去形容它们合不合适，是的，我没法凭主观去臆会自然界的万物，特别是当人们自命不凡地对它们进行了改造之后。我最好沉默，然后回家。

“日暮酒醒人已远，满天风雨下西楼。”不知为何，如今的我心里始终充斥着一种告别的情绪，源源不断的人、事、物在同我道别，到底是谁，是些什么？我却又说不出来。或许只是我自己，又或许是所有的一切，像流水、日落那样，像书中的某个角色那样，在我不经意的时候不告而别。我也曾试图挽留，却终于无可琢磨，就像他们从来就没有真正属于过我一样——他们站在我心檐之下避过雨，天一放晴却纷纷四散而去。

在我写下这些文字之时，我重又翻看帕乌斯托夫斯基对其家乡森林的描述，在慎重地穿过“森林”之后，他说道：“我想起这些地方时，只觉得一阵阵刺痒的疼痛，仿佛我已永远失去了这些地方，此生再也见不到它们了。”

我得承认，那个下午，我确实未曾留意到这句话，仿佛它们刚刚被说出口，还留有夏天特有的那种温热。

鸿雪

云姑

读傅芸子的《人海闲话》时，没有太用心看，所以翻了好久也没读到头，但此书并不厚，早早读完又觉得多少有些可惜。这本书的出版说明里，赵国忠感慨，傅芸子有许多谈论旧京风物掌故的小品，但散佚于旧时报刊，很是遗憾。书的名字，据说是止庵先生的建议。赵氏还提到清初诗人查慎行的《人海记》，该书是查氏客居北京二十年中耳闻目见的风物掌故，包括饮食、建筑、名胜古迹、诗词等，承袭了明清小品的优雅闲散之风，常有使人涵泳之辞。查氏爱好苏子瞻，“人海”即取名于“惟有王城最堪隐，万人如海一身藏”，后来，“人海”这个词就特别指向北京了。

说起傅君，我之前读过他的《白川集》和《正仓院考古记》，是他去日本东渡间所写的文章，其中涉及游记、戏曲、文物等，尤其写正仓院内藏的中国隋唐时代流传到日本的奇珍异宝的篇章，读来令人艳羡称奇。那两册书的内容偏知识性，鲜少有直接的情感表露，但我读后能感觉到作者性情中的温柔敦厚之风。读傅氏的文章，总会想起周作人，感觉他们的文风有某种相通之处，明明知堂的文字清苦许多，但始终觉得二者很亲近。之前一直也没有想得太明白，这几日读《人海闲话》，才知道，他们俩原彼此相惜，我心里丝毫不觉得诧异，甚至有某种喜悦。

之前并不太了解傅芸子的生平，在这本书里读到了比较完整的介绍，粗叙一二：傅君是一九〇二年生（也有一九〇五年的说法），一九四八年逝，系满洲富察氏后裔，北京大兴人，原名宝珍，字韫之，别号餐英。幼年时家道艰难，曾在“燕京华文学校”图书馆任职，做过《京报》记者，主编过《北京画报》，总之从事的大多是报刊编辑之类的工作。爱交友，兴趣广泛，在家中创办曲社，参与振兴“国剧”的活动，曾东渡扶桑讲学治学。只看这些介绍，也会觉得他是个很有趣的人。

书中有一篇是说杏仁茶。

“这种‘杏仁茶’普通清晨街上卖的，大概为‘遛早弯’的人们预备的。至于街巷里喊着‘杏仁茶呦——’的行商，却多卖给儿童，大人饮用的反少——除了病人以外。以前杏仁原料很多，所以味很香美。近年卖的也大不如昔，还有另外加些半个杏仁在里面的，好像表示原料丰美的，实则是近年兴的骗人的伎俩，不可信的。”

好多在故都住过的人都提到那里的吆喝声，我没有听过，真不知道是什么滋味。大约从前的街道比较安静，车马没有现在多，担货之人的吆喝声显得格外明晰，剃头发啊、磨剪子啊、选首饰啊，一家一家喊过去，不知道自己想象的对否。

对于吆喝，记忆较深的是幼年夏季里卖凉糕的吆喝声，那时候有担着凉糕到乡下卖的商贩，通常是比较壮实的男子，肩上一根扁担，两边挑着用竹子编的筐子，里面装着米白色的凉糕和红糖水，凉糕一块钱一方，吃的时候用刀简单地划成小方块，再倒入红糖水就可以了。听大人说，凉糕要用石灰才能做出来，所以不能多吃，但孩子们总是盼望那吆喝声，毕竟平日没有什么零食可吃，解馋都要等到赶集的时候，而卖凉糕的人一来当然就是惊喜了。

多年后我回故乡，镇上也有卖凉糕、凉面、土豆花的，不过是一个妇人在卖，身边带着个小女孩。镇子不大，盛夏里她俩就推着车挨家挨户卖，有的时候也在十字路口停留着，等客人过去，但却不是人在吆喝了，换成了劣质的扩音喇叭，录着尖声尖气的“凉糕！凉面！冰粉！”老远都能听到，下午完全无法安心入睡。那声音成了我和弟弟回忆里的阴影，后来一提到那个在故乡度过的夏天，就会说起那对母女。这并不是个例，似乎是所有乡镇的缩影，嘈杂纷乱，早已不是记忆中安静祥和的画面了。有时，我会庆幸自己离开得早，记得的都是好的，后来也没有太多顾念之情，今日写起这些，虽然尘土气重，但多少还有几分念想。

说起杏仁茶，看到书里的记录我很向往。傅君提到郝懿行《晒书堂笔录》，里面有关于杏仁茶的记录，卷四云：“杏酪古人以寒食节作之，其名见于《玉烛宝典》《荆楚岁时记》诸书及唐人吟咏屡矣。而其作法亦至今尚传。余尝询之鹿賓谷刺史，具示云：取甜杏仁，水浸，去皮，小磨磨细，加水搅稀，入锅内，用糯米屑同煎，如打高粱糊法。至糖之多少，随意糁入。”

制作的方式很简单，书里写得也很明确，自己可以试试，不过不知为什么在寒食节做。唐人储光羲有“杏酪渐香邻舍粥”之句，好像很好吃的样子。我有一册郝懿行的《尔雅郭注义疏》，一直觉得这样的训诂家会很古板、无趣，读到这里时特意搜了《晒书堂笔录》来看，一看目录，是很有趣的书，日后要寻来看看。

辑三

生活，是很好玩的

南窗下的书桌上，
四时不断地供着一瓶花，
瓶下恰有一方端砚，
花瓣往往落在砚上，
我往往不忍磨墨，
生怕玷污了它。

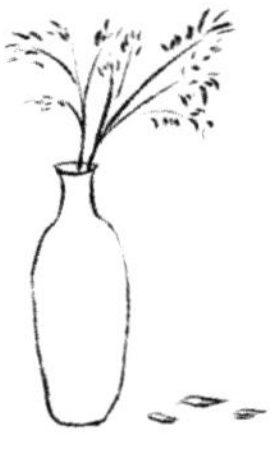

听雨

季羡林

（一）

从一大早就下起雨来。下雨，本来不是什么稀罕事儿，但这是春雨，俗话说：“春雨贵如油。”而且又在罕见的大旱之中，其珍贵就可想而知了。

“润物细无声”，春雨本来是声音极小极小的，小到了“无”的程度。但是，我现在坐在隔成了一间小房子的阳台上，顶上有块大铁皮。楼上滴下来的檐溜就打在这铁皮上，打出声音来，于是就不“细无声”了。按常理说，我坐在那里，同一种死文字拼命，本来应该需要极静极静的环境，极静极静的心情，才能安下心来，进入角色，来解读这天书般的玩意儿。这种雨敲铁皮的声音应该是极为讨厌的，是必欲去之而后快的。

然而，事实却正相反。我静静地坐在那里，听到头顶上的雨滴声，此时有声胜无声，我心里感到无量的喜悦，仿佛饮了仙露，吸了醍醐，大有飘飘欲仙之慨了。这声音时慢时急，时高时低，时响时沉，时断时续，有时如金声玉振，有时如黄钟大吕，有时如大珠小珠落玉盘，有时如红珊白瑚沉海里，有时如弹素琴，有时如舞霹雳，有时如百鸟争鸣，有时如兔落鹘起，我浮想联翩，不能自已，心花怒放，风生笔底。死文字仿佛活了起来，我也仿佛又溢满了青春活力。我平生很少有这样的精神境界，更难为外人道也。

在中国，听雨本来是雅人的事。我虽然自认还不是完全的俗人，但能否就算是雅人，却还很难说。我大概是介乎雅俗之间的一种动物吧。中国古代诗词中，关于听雨的作品是颇有一些的。顺便说上一句：外国诗词中似乎少见。我的朋友章用回忆表弟的诗中有“频梦春池添秀句，每闻夜雨忆联床”，是颇有一点诗意的。连《红楼梦》中的林妹妹都喜欢李义山的“留得残荷听雨声”之句。最有名的一首听雨的词当然是宋蒋捷的《虞美人》，词不长，我索性抄它一下：

少年听雨歌楼上，红烛昏罗帐。壮年听雨客舟中，江阔云低，断雁叫西风。

而今听雨僧庐下，鬓已星星也。悲欢离合总无情，一任阶前，点滴到天明。

蒋捷听雨时的心情，是颇为复杂的。他是用听雨这一件事来概括自己的一生的，从少年、壮年一直到老年，达到了“悲欢离合总无情”的境界。但是，古今对老的概念，有相当大的悬殊。他是“鬓已星星也”，有一些白发，看来最老也不过五十岁左右。用今天的眼光看，他不过是介乎中老之间，用我自己比起来，我已经到了望九之年，鬓边早已不是“星星也”，顶上已是“童山濯濯”了。要讲达到“悲欢离合总无情”的境界，我比他有资格。我已经能够“纵浪大化中，不喜亦不惧”了。

可我为什么今天听雨竟也兴高采烈呢？这里面并没有多少雅味，我在这里完全是一个“俗人”。我想到的主要是麦子，是那辽阔原野上的青青的麦苗。我生在乡下，虽然六岁就离开，谈不上干什么农活，但是我拾过麦子，捡过豆子，割过青草，劈过高粱叶。我血管里流的是农民的血，一直到今天垂暮之年，毕生对农民和农村怀着深厚的感情。农民最高的希望是多打粮食。天一旱，就威胁着庄稼的成长。即使我长期住在城里，下雨一少，我就望云霓，自谓焦急之情，绝不下于农民。北方春天，十年九旱。今年似乎又旱得邪行。我天天听天气预报，时时观察天上的云气。忧心如焚，徒唤奈何。在梦中也看到的是细雨蒙蒙。

今天早晨，我的梦竟实现了。我坐在这长宽不过几尺的阳台上，听到头顶上的雨声，不禁神驰千里，心旷神怡。在大大小小、高高低低，有的方正、有的歪斜的麦田里，每一个叶片都仿佛张开了小嘴，尽情地吮吸着甜甜的雨滴，有如天降甘露，本来有点儿黄萎的，现在变青了。本来是青的，现在更青了。宇宙间凭空添了一片温馨，一片祥和。

我的心又收了回来，收回到了燕园，收回到了我楼旁的小山上，收回到了门前的荷塘内。我最爱的二月兰正在开着花。它们拼命从泥土中挣扎出来，顶住了干旱，无可奈何地开出了红色的、白色的小花，颜色如故，而鲜亮无踪，看了给人以孤苦伶仃的感觉。在荷塘中，冬眠刚醒的荷花，正准备力量向水面冲击。水当然是不缺的。但是，细雨滴在水面上，画成了一个个的小圆圈，方逝方生，方生方逝。这本来是人类中的诗人所欣赏的东西，小荷花看了也高兴起来，劲头更大了，肯定会很快地钻出水面。

我的心又收近了一层，收到了这个阳台上，收到了自己的腔子里，头顶上叮当如故，我的心情怡悦有加。但我时时担心，它会突然停下来。我潜心默祷，祝愿雨声长久响下去，响下去，永远也不停。

（二）

我大概对雨声情有独钟，我曾写过一篇《听雨》，现在又写《听雨》。

从凌晨起，外面就下起小雨来。我本来有几张桌子，供我写作之用；我却偏偏选了阳台上铁皮封顶下的一张。雨滴和檐溜敲在上面，叮当作响。小保姆劝我到屋里面另一张临窗的大桌旁去写作，说是那里安静。焉知我觉得在阳台上，在雨声中更安静。王籍诗："鸟鸣山更幽。"有人以为奇怪：鸟不鸣不是比鸣更为幽静吗？山中这样的经验我没有，雨中这样的经验我却是有的。我觉得"雨响室更幽"，眼前就是这样。

我伏在桌旁，奋笔疾书，上面铁皮上雨点和檐溜敲打得叮叮当当，宛如白居易《琵琶行》的琵琶声，"大珠小珠落玉盘"，其声清越，缓急有节，敲打不停，似有间歇。其声不像贝多芬的音乐，不像肖邦的音乐，不像莫扎特的音乐，不像任何大音乐家的音乐；然而谛听起来，却真又像贝多芬，像肖邦，像莫扎特。我听而乐之，心旷神怡，心灵中特别幽静，文思如泉水涌起，深深地享受着写作的情趣。

悠然抬头，看到窗外，浓绿一片，雨丝像玉帘一般，在这一片浓绿中画上了线。新荷初露田田叶，垂柳摇曳丝丝烟，几疑置身非人间。

我当然会想到小山上我那些野草间花的植物朋友们，它们当然也绝不会轻易放过这样天赐良机；尽量张大了嘴，吮吸这些从天上滴下来的甘露，为来日抵抗炎阳做好准备。

我头顶上滴声未息，而阳台上幽静有加，我仿佛离开了嘈杂的尘寰，与天地万物合为一体。

夏天的瓶供

周瘦鹃

凡是爱好花木的人，总想经常有花可看，尤其是供在案头，可以朝夕坐对，而使一室之内，也增加了生气。供在案头的，当然最好是盆栽和盆景；如果条件不够，或佳品难得，那么有了瓶供，也可以过过花瘾。

对于瓶供的爱好，古已有之。如宋代诗人张道洽《瓶梅》云：

寒水一瓶春数枝，清香不减小溪时。
横斜竹底无人见，莫与微云淡月知。

徐献可《书斋》云：

十日书斋九日扃，春晴何处不闲行。

瓶花落尽无人管，留得残枝叶自生。

方回《惜砚中花》云：

花担移来锦绣丛，小窗瓶水浸春风。

朝来不忍轻磨墨，落砚香粘数点红。

这与我的情况恰恰相同，紫罗兰盦[①]南窗下的书桌上，四时不断地供着一瓶花，瓶下恰有一方端砚，花瓣往往落在砚上，我也往往不忍磨墨，生怕玷污了它，足见惜花人的心理，是约略相同的。

说到夏天的瓶供，我是与盆供并重的。从园子里的细种莲花开放之后，就陆续采来供在爱莲堂中央的桌子上，如洒金、层台、大绿、粉千叶等，都是难得的名种。我轮替地用一只古铜大圆瓶、一只雍正黄瓷大胆瓶和一只紫红瓷窑变的扁方瓶来插供，以花的颜色来配瓶的颜色，务求其调和悦目。单单插了莲花还不够，更要采三片小样的莲叶来搭配着，花二朵或三朵，配上了三片叶子，插得有高有低，有直有欹，必须像画家笔下画出来的一

---

① 紫罗兰盦：周瘦鹃甚爱紫罗兰，故将其书斋定名为“紫罗兰盦”。

样。倘有一朵花先谢了，剩下一只小莲蓬，仍然留在瓶里，再去采一朵半开的花来补缺，这样要连续插供到细种莲花全部开完后为止。在这一个多月的时间里，我把这一大瓶高花大叶的莲花，用树根几或红木几高供中央，总算不辜负了“爱莲堂”这块老招牌；而上面挂着的，恰又是林伯希老画师所画的一幅《爱莲图》，更觉相映成趣。

除了瓶供的莲花之外，还有瓶供的菖兰。菖兰的色彩是多种多样的，有白、红、淡黄、深黄、洒金、茄紫诸色。而我园中有一种深紫而有绒光的，更为富丽。我也将花与瓶的颜色互相配合，互相衬托，花以三枝、五枝或七枝为规律，再插上几片叶，高低疏密，都须插得适当，看上去自有画意。有时瓶用得腻了，便改用一只明代瓯瓷的长方形小型水盘，插上三五枝小样的菖兰，衬以绿叶，配上大小拳石两块，更觉幽雅入画了。

我爱用水盘插花，觉得比用瓶来插花，更有趣味。除了菖兰，无论大丽、月季、蜀葵等，都是夏天常见的，都可用水盘来插；不过叶子也需要，再用拳石或书带草来衬托，那是更富于诗情画意了。爱莲堂里有一只长方形的白石大水盘，下有红木几座，落地安放着，我在盘的右边竖了一块二尺高的英石奇峰，像个独秀峰模样，盘中盛满了水，撒满了碧绿的小浮萍。清早到园子里，采了大石缸中刚开放的大红色睡莲二三朵，和小样的莲叶三五张，回来放在水盘里，就好像把一个小小的莲塘，搬到了屋子里来，徘徊观赏，真的是“心上莲花朵朵开”了。每天傍晚，只要把闭拢了的花朵撩起来，放在露天的浅水盆中过夜，明天早上，花依然开放，依然放到水盘里。天天这样做，可以持续三四天。

明代小品文专家袁宏道中郎，对于插花很有研究，曾作《瓶史》一书，传诵至今，并曾流入日本。日本人也擅长插花，称为“花道”，得中郎《瓶史》，当作枕中秘宝，并且学习他的插花方法，自成一派，叫作“宏道流”。他们对于夏天的瓶供，如插菖兰、蝴蝶花、莲花等，都很自然，可是对于国家大典中所用以装饰的瓶供或水盘，却矫揉造作，一无足取了。谱嫂俞碧如，曾从日本花道女专家学插花，取长舍短，青出于蓝，每到我家来时，总要给我在瓶子里或水盘里一显身手，和她那位精于审美的爱人反复商讨，一丝不苟。可惜她已于去年暮春落花时节，一病不起。我如今见了她给我插过花的瓶尊水盘，如过黄公之垆，为之腹痛！

上海花店中，折枝花四季不断，倘要作瓶供，真是取之不尽，用之不竭，并且有不少插花的专家，可作顾问，家庭中明窗净几，倘有二三瓶供作点缀，也可以一餍馋眼，一洗尘襟了。

衚衕

朱湘

我曾经向子惠说过，词不仅本身有高度的美，就是它的牌名，都精巧之至。即如《渡江云》《荷叶杯》《摸鱼儿》《真珠帘》《眼儿媚》《好事近》这些词牌名，一个就是一首好词。我常时翻开词集，并不读它，只是拿着这些词牌名慢慢地咀嚼。那时我所得的乐趣，真不下似读绝句或是嚼橄榄。京中胡同的名称，与词牌名一样，也常时在寥寥的两三字里面，充满了色彩与暗示，好像龙头井、骑河楼等等名字，它们的美是毫不差似《夜行船》《恋绣衾》等等词牌名的。

胡同是衚衕的省写。据文字学者说，是与上海的弄一同源自巷字。元人李好古作的《张生煮海》一曲之内，曾经提到羊市角头砖塔儿衚衕，这两个字入文，恐怕要算此曲最早了。各胡同中，最为国人所知的，要算八大胡同；这与唐代长安的北里，清末上海的四马路的出名，是一个道理。

京中的胡同有一点最引人注意，这便是名称的重复：口袋胡同、苏州胡同、梯子胡同、马神庙、弓弦胡同，到处都是，与王麻子、乐家老铺之多一样，令初来京中的人，极其感到不便，然而等我们知道了口袋胡同是此路不通的死胡同，与“闷葫芦瓜儿”“蒙福禄馆”是一件东西，苏州胡同是京人替住有南方人不管他们的籍贯是杭州或是无锡的街巷取的名字，弓弦胡同是与弓背胡同相对而定的象形的名称，以后我们便会觉得这些名字是多么有色彩，是多么胜似纽约的那些单调的什么 Fifth Avenue，Fourteenth Street，以及上海的侮辱我国的按通商五口取名的什么南京路、九江路。那时候就是被全国中最稳最快的京中人力车夫说一句：“先儿，你多给两子儿”，也是得偿所失的。尤其是苏州胡同一名，它的暗示力极大。因为在当初，交通不便的时候，南方人很少来京，除去举子；并且很少住京，除去京官。南边话同京白又相差得那般远，也难怪那些生于斯、卒于斯、眼里只有北京、耳里只有北京的居民，将他们聚居的胡同，定名为苏州胡同了。（苏州的土白，是南边话中最特彩的；女子是全国中最柔媚的。）梯子胡同之多，可以看出当初有许多房屋是因山而筑，那街道看去有如梯子似的。京中有很多的马神庙，也可令我们深思，何以龙王庙不多，偏多马神庙呢？何以北京有这么多马神庙，南京却一个也不见呢？南人乘舟，北人乘马，我们记得北京是元代的都城，那铁蹄直踏进中欧的鞑靼，正是修建这些庙宇的人呢！燕昭王为骏骨筑黄金台，那可以说是京中的第一座马神庙了。

京中的胡同有许多以井得名。如上文提及的龙头井以及甜水井、苦水井、二眼井、三眼井、四眼井、井儿胡同、南井胡同、北井胡同、高井胡同、王府井等等，这是因为北方水分稀少，煮饭、烹茶、洗衣、沐面，水的用途又极大，所以当时的人，用了很笨缓的方法，凿出了一口井之后，他们的快乐是不可言状的，于是以井名街，纪念成功。

胡同的名称，不特暗示出京人的生活与想象，还有取灯胡同、妞妞房等类的胡同。不懂京话的人，是不知何所取意的。并且指点出京城的沿革与区分，羊市、猪市、骡马市、驴市、礼士胡同、菜市、缸瓦市，这些街名之内，除去猪市尚存旧意之外，其余的都已改头换面，只能让后来者凭了一些虚名来悬拟当初这几处地方的情形了。户部街、太仆寺街、兵马司、缎司、銮舆卫、织机卫、细砖厂、箭厂，谁看到了这些名字，能不联想起那辉煌的过去，而感觉一种超现实的兴趣？

黄龙瓦、朱垩墙的皇城，如今已将拆毁尽了。将来的人，只好凭了皇城根这一类的街名，来揣想那内城之内、禁城之外的一圈皇城的位置罢？那丹青照耀的两座单牌楼呢？那形影深嵌在我童年想象中的壮伟的牌楼呢？它们哪里去了？看看那驼背龟皮的四牌楼，它们手拄着拐杖，身躯不支的，不久也要追随早夭的兄弟于地下了！

破坏的风沙，卷过这全个古都，甚至不与人争韬声匿影如街名的物件，都不能免于此厄。那富于暗示力的劈柴胡同，被改作辟才胡同了；那有传说作背景的烂面胡同，被改作烂缦胡同了；那地方色彩浓厚的蝎子庙，被改作协资庙了。没有一个不是由新奇降为平庸，由优美流为劣下。狗尾巴胡同改作高义伯胡同，鬼门关改作贵人关，勾阑胡同改作钩帘胡同，大脚胡同改作达教胡同：这些说不定都是巷内居者要改的，然而他们也未免太不达教了。阮大铖住南京的裤裆巷，伦敦的Rotten Row为贵族所居之街，都不曾听说他们要改街名，难道能达观的只有古人与西人吗？内丰的人，外啬一点，并无轻重。司马相如是一代的文人，他的小名却叫犬子。《子不语》书中说，当时有狗氏兄弟中举。庄子自己愿意为龟。颐和园中慈禧太后居住的乐寿堂前立有龟石。古人的达观，真是值得深思的。

往日记

废名

在这个题目之下，我想将我儿时的事情就其所记得的记下来。为什么呢？这样或者可以不假思索而有稿子，捏起笔来记得一点写一点，没有别的。大凡回忆类的小说，虽是写过去的事，而实是当时的心情，我这个不然，因为它不是小说，是一种记录，着重于事实，绝不加以渲染，或者可以供研究儿童心理者去参考。另外却还有一点意思，就是，我向来以为一个人的儿童生活状态影响于他的将来非常大，我们这一批将近三十岁的人原来是在旧时代当中做孩子过来的，这是一件有意义的事。今日的孩童，生在同样的地域，等他有朝一日来看我的这些过去的日记，真不知道话的是哪朝事也，他们当然也就不要看这些东西。

十九年[1]十月十七日

一

我记得我第一次我一个人出城过桥的样子。大概是六岁的光景，想来总不能再小，确是不至于更大，因为我六岁上大病一次，不像这次病后的事情了。我的外祖母家距我家不过三里，我家住在城里，出城去一共要过三次桥。从小我惯在外祖母家，第一次没有大人带我，我独自走去，一个很好的三四月天气，那天上午，我的姐姐做了什么活计，好像是一双鞋，对我笑道："你能把这个东西送到外祖母家去吗？"我喜欢得了不得，连忙说能，而且一定要姐姐让我送去，姐姐就让我去了。我记得我一个人出城走路很得意，真是仿佛顶天立地的样子，一共要过三座桥，第一、第三不记得，第二桥名叫"清石板桥"，在这三道河中，水最深，桥是石建的，没有可扶手处（第一桥有铁丝可扶），我走在当中那个害怕的样子，我记得，及至一脚跨过去了，其欢喜真是无比。然而到了外祖母家，记得外祖母不在家，大家并不怎样稀奇，我自以为是一件奇事，我一个人走到这

① 十九年：民国十九年，即公元一九三〇年。

里来了，所以当下那个冷落的样儿我也记得。比这一回更以前的我的姐姐的样子我也不记得。

二

由我家往外祖母家第三座桥名叫“马头桥”，马头桥也就是一个小市，我的姨母家就在这里。我从小也总在我的姨母家玩。马头桥的一头，河坝上，有一棵树我至今不晓得是什么树，有一天我一个人在桥头玩，忽然看见树顶上有两个果子，颜色甚红，我觉得橘子没有那样红，枇杷也没有那样红，大小倒是那样大小，我站在树脚下仰望不已，我没有法子把它弄下来，我真是想得很。我至今总仿佛有两颗红果在一棵树上。我无论在哪里看见什么树结着红色的果实，我就想起那两颗红果来了，但总比不上它的颜色红，那真是红极了。

三

故乡很少有荷花，其实什么花都不多见，只是我喜欢看池塘里长出来的荷花与叶，所以我格外觉得这个好东西少有了。外祖母家门口便是一口塘，但并不年年长荷花，有的年头也长，那这一年我真是异景天开，喜欢得了不得，此刻我便浮现了我的那个小小的影儿站在那个荷塘岸上。我真想下水去摘一朵花起来，连茎带叶捏在手上玩，我也把那个长着刺的绿茎爱得出奇。我记得我在我的故乡还没有捏过荷花，我也没有告诉别人过说我爱荷花，只是自己暗地里那么想得出神。

四

我小时是喜欢说话的，所以我的姨母曾经叫我叫“满嘴”。我又爱撒谎，总之我是一个最调皮的孩子，这个调皮又并不怎么见得天真，简直是一个坏孩子，对于什么都有主意，能干。然而在许多事情上面我真好像一个哑巴，那么深深地自己感着欢喜。我最喜欢放牛，可是我没有一次要求过让我牵牛去放，我总在坝上看他们放牛。有一回，记得是长工放牛回来的时候，我要他让我骑牛玩，我以为这一定是很容易的事，立刻我就骑上去，走不上几步我却从牛背上摔下来了，那个欢喜后的失意情境，还记得。上面说过，外祖母家门口有一口塘，黄昏时牵牛喝水，也是我最喜欢的事，我记得有时也由我牵到塘沿去喝，此刻那牛仿佛还记得，黄昏底下自己牵绳默默站在水上那个样也隐约记得。

五

有一样花，我至今不晓得叫什么花，我也没有法子形容，但在我的记忆里真是新鲜极了，太好看。我只能说它是深红颜色，花须甚多，蓬起来好像一把伞，柄也很长，也真像一个伞柄，是野花，我记得是我一个人走在坂里，满坂的庄稼，我一个小孩子在当中走，迎面来了一个人，什么人我不记得了，他捏了好几柄这个花，一一给我，我一一接在手上，举起来，又从地中走回，那个欢喜真是厉害。后来我常常想到这个欢喜，想到这个花，想回到故乡去一看。有一回回家，忽然问我的妻："在你们家里那个花叫作什么花呢？"不知不觉地做了一个手势，说不出所以然来，真是窘哩。妻也窘。

六

我最喜欢看棕榈树，爱它那个伞样儿，爱它那个绿。这样的绿色我都喜欢看，好比喜欢看橘树叶子，喜欢看枇杷的叶子。我的外祖母家有一棵橘树，长在颇高的一个台阶之下，结了橘子我们站在阶上伸手攀折得够，但这棵橘树并不爱结橘子，结的橘子也不大，所以我们常常拿了棍子站在树脚下轻轻地打它，口里说着“你结橘子吗？你结橘子吗？”大人告诉我们这样打它它明年就结橘子。这棵橘树二十年来是早没有了，那个我喜欢上上下下的十几步石阶也没有了，房子是完全改变了样子，但原来的那个样儿我新鲜地记得。

七

故乡没有老玉米这个东西，有之也甚小，大家都当它玩意儿，在我那简直是一个宝贝了，一定要把它给我。在外祖母家有时我便得着它，我真爱它，我觉得再没有比它可爱的了。所以我到北京来，看见老玉米，虽然明知道同那就是一个东西，然而我总觉得这哪里是我所爱的那个。那简直不能拿别的什么同它比，叫我选择，只好说它是整个的一个生命。儿时的欢喜直是令人想不通。在故乡不叫玉米，叫的那两个字我写不上来。我记得都是紫红色，我总觉得它是一个小宝塔。小米我们也轻易吃不着，记不得有一回在什么地方看见人家吃小米白薯粥，总之是在乡下过路，一个人家门前路过，我真是喜欢得什么似的。我们住在上乡，可以说是山乡，下乡则是水乡，在那里小米却是很普遍的一种杂粮，我们小孩子当然不知道，每年冬天，下乡人有挑了“粟米糖”上县城来卖的，我一看见那个卖糖的坐在城脚下像专门来晒日黄似的坐在那里卖粟米糖，我真觉得日子从今天又过一个新日子了，心想这是从哪里来的，喜欢得什么似的。然而我很少吃得这个粟米糖，真是寂寞得很，我也没有同人家讲，我在我自己家里很不被优待，仿佛是多余的一个小孩子似的，因为系一个大家庭，我的祖父在我是一个小孩子时格外地讨厌我，到了我长大了他老人家却是器重我得很。那个卖粟米糖的不知怎的年年总在城门外那块石头上面坐着卖。或者真是因为晒日黄的缘故。我看见的时候总在清早，这个城门名叫“小南门”，而是正向东。那时我们就靠着小南门住家。年年是不是就是那一个人来卖，我记得我没有留心，总之我只觉得卖粟米糖的来了，那个粟米糖真是令我喜欢，有时冷冷地对我的母亲说一句：“卖粟米糖的来了。”我的母亲那时在一个大家庭里很是一个不幸的母亲，身体又不好，简直顾不得我们，总是叫我们上外祖母家去。我也吃过粟米糖，记不得是谁买给我的，或者是我自己偷了父亲的钱来买的也未可知。我小时在自己家里大人不给我钱，常是自己偷父亲的钱。我记得大人家的意见似乎是说“芝麻糖”好吃，粟米糖不好吃，我则总是觉得粟米糖好，怀着这个欢喜没有同人说。

自述的几句话

陆小曼

唱戏是我最喜欢的一件事情，早几年学过几折昆曲，京戏我更爱看，却未曾正式学过。前年在北京，新月社一群朋友为闹新年逼着我扮演一出《闹学》，那当然是玩儿，也未曾请人排身段，可是看的人和我自己都还感到一些趣味，由此我居然得到了会串戏的一个名气了，其实是可笑得很，不值一谈。这次上海妇女慰劳会几个人说起唱戏要我也凑合一天，一来是她们的盛意难却，二是慰劳北伐当得效劳，我就斗胆答应下来了。可是天下事情不临到自己亲身做是不会知道实际困难的；也是我从前看得唱戏太容易了，无非是唱做，那有什么难？我现在才知道这种外行的狂妄是完全没有根据的。因为我一经正式练习，不是随便不负责任地哼哼儿，就觉得这事情不简单，愈练愈觉着难，到现在我连跑龙套的都不敢轻视了。

演戏绝不是易事：一个字咬得不准。一个腔使得不圆，一只袖洒得不透，一步路走得不稳，就容易妨碍全剧的表现，演者自己的自信心，观众的信心，便同时受了不易弥补的打击，真难！我看读什么英文法文还比唱戏容易些呢！我心里十分地担忧，真不知道到那天我要怎样地出丑呢。

我选定《思凡》和《汾河湾》两个戏，也有意思的。在我所拍过的几出昆戏中要算《思凡》的词句最美，它真能将一个被逼着出家的人的心理形容得淋漓尽致，一气呵成，情文相生，愈看愈觉得这真是一篇颠扑不破的美文。它的一字一句都含有颜色，有意味，有关联，绝不是无谓的堆砌，绝不是浮空的辞藻，真太美了，却也因此表演起来更不容易，我看来只有徐老太太做得完美到无可再进的境界，我只能拜倒！她才是真功夫，才当得起表演艺术，像我这初学，简直不知道做出什么样子来呢。好在我的皮厚，管他三七二十一，来一下试试。

旧戏里好的真多。戏的原则是要有趣味，有波折，经济也是一个重要条件。

现代许多新戏的失败原因是一来蓄意求曲折而反浅薄，成心写实而反不自然，词费更不必说，有人说白话不好，这我不知道。我承认我是一个旧脑筋，这次洪深先生本来想要我做《第二梦》，我不敢答应。因为我对于新戏更不敢随便地尝试，非要你全身精神都用上不可，我近来身体常病，所以我不敢多担任事情了。

《汾河湾》确是个好戏，静中有闹，俗不伤雅。离别是一种情感，盼望又是一种情感；爱子也是一种情感，恋夫又是一种情感；叙会是一种情感，悲伤又是一种情感。这些种种不同的情感，在《汾河湾》这出戏里，很自然地相互起伏，来龙去脉，处处认得分明，正如天上阴晴变化，云聚云散，日暗日丽，自有一种妙趣。但戏是好戏也得有本事人来做才能显出好戏，像我这样一个未入流的初学，也许连好戏多要叫我做成坏戏，又加天热，我又是个常病的人，真不知道身上穿了厚衣头上戴了许多东西受不受得住呢。没有法子，大着胆，老着脸皮，预备来出丑吧，只好请看戏的诸君包涵点儿吧。

一片阳光

林徽因

放了假，春初的日子松弛下来。将午未午时候的阳光，澄黄的一片，由窗棂横浸到室内，晶莹地四处射。我有点发怔，习惯地在沉寂中惊讶我的周围。我望着太阳那湛明的体质，像要辨别它那交织绚烂的色泽，追逐它那不着痕迹的流动。看它洁净地映到书桌上时，我感到桌面上平铺着一种恬静，一种精神上的豪兴，情趣上的闲逸；即或所谓“窗明几净”，那里默守着神秘的期待，漾开诗的气氛。那种静，在静里似可听到那一处琤琮的泉流，和着仿佛是断续的琴声，低诉着一个幽独者自娱的音调。看到这同一片阳光射到地上时，我感到地面上花影浮动，暗香吹拂左右，人随着晌午的光霭花气在变幻，那种动，柔谐婉转有如无声音乐，令人悠然轻快，不自觉地脱落伤愁。至多，在舒扬理智的客观里使我偶一回头，看看过去幼年记忆步履所留的残迹，有点儿惋惜时间；微微怪时间不能保存情绪，保存那一切情绪所曾流连的境界。

倚在软椅上不但奢侈，也许更是一种过失，有闲的过失。但东坡的辩护："懒者常似静，静岂懒者徒"，不是没有道理。如果此刻不倚榻上而"静"，则方才情绪所兜的小小圈子便无条件地失落了去！人家就不可惜它，自己却实在不能不感到这种亲密的损失的可哀。

就说它是情绪上的小小旅行吧，不走并无不可，不过走走未始不是更好。归根说，我们活在这世上到底最珍惜一些什么？果真珍惜万物之灵的人的活动所产生的种种，所谓人类文化？这人类文化到底又靠一些什么？我们怀疑或许就是人身上那一撮精神同机体的感觉，生理心理所共起的情感，所激发出的一串行为，所聚敛的一点智慧，——那么一点点人之所以为人的表现。宇宙万物客观的本无所可珍惜，反映在人性上的山川草木禽兽才开始有了秀丽，有了气质，有了灵犀。反映在人性上的人自己更不用说。没有人的感觉，人的情感，即便有自然，也就没有自然的美，质或神方面更无所谓人的智慧，人的创造，人的一切生活艺术的表现！这样说来，谁该鄙弃自己感觉上的小小旅行？为壮壮自己胆子，我们更该相信唯其人类有这类情绪的驰骋，实际的世间才赓续着产生我们精神所寄托的文物精粹。

此刻我竟可以微微一咳嗽，乃至于用播音的圆润口调说：我们既然无疑地珍惜文化，即尊重盘古到今种种的艺术——无论是抽象的思想的艺术，或是具体的驾驭天然材料另创的非天然形象，——则对于艺术所由来的渊源，那点点人的感觉，人的情感智慧（通称人的情绪），又当如何地珍惜才算合理?

但是情绪的驰骋，显然不是诗或画或任何其他艺术建造的完成。这驰骋此刻虽占了自己生活的若干时间，却并不在空间里占任何一个小小位置！这个情形自己需完全明了。此刻它仅是一种无踪迹的流动，并无栖身的形体。它或含有各种或可捉摸的质素，但是好奇地探讨这个质素而具体要表现它的差事，无论其有无意义，除却本人外，别人是无能为力的。我此刻为着一片清婉可喜的阳光，分明自己在对内心交流变化的各种联想发生一种兴趣的注意，换句话说，这好奇与兴趣的注意已是我此刻生活的活动。一种力量又迫着我来把握住这个活动，而设法表现它，这不易抑制的冲动，或即所谓艺术冲动也未可知！只记得冷静的杜工部散散步，看看花，也不免会有“江上被花恼不彻，无处告诉只颠狂”的情绪上一片紊乱！玲珑煦暖的阳光照人面前，那美的感人力量就不减于花，不容我生硬地自己把情绪分划为有闲与实际的两种，而权其轻重，然后再决定取舍的。我也只有情绪上的一片紊乱。

情绪的旅行本偶然的事，今天一开头并为着这片春初晌午的阳光，现在也还是为着它。房间内有两种豪侈的光常叫我的心绪紧张如同花开，趁着感觉的微风，深浅零乱于冷智的枝叶中间。一种是烛光，高高的台座，长垂的烛泪，熊熊红焰当帘幕四下时各处光影掩映。那种闪烁明艳，雅有古意，明明是画中景象，却含有更多诗的成分。另一种便是这初春晌午的阳光，到时候有意无意的大片子洒落满室，那些窗棂栏板几案笔砚浴在光蔼中，一时全成了静物图案；再有红蕊细枝点缀几处，室内更是轻香浮溢，叫人俯仰全触到一种灵性。

这种说法怕有点会发生误会，我并不说这片阳光射入室内，需要笔砚花香那些儒雅的托衬才能动人，我的意思倒是：室内顶寻常的一些供设，只要一片阳光这样又幽娴又洒脱地落在上面，一切都会带上另一种动人的气息。

这里要说到我最初认识的一片阳光。那年我六岁，记得是刚刚出了水珠以后——水珠即寻常水痘，不过我家乡的话叫它作水珠。当时我很喜欢那美丽的名字，忘却它是一种病，因而也觉到一种神秘的骄傲。只要人过我窗口问问出“水珠”吗？我就感到一种荣耀。那个感觉至今还印在脑子里。也为这个缘故，我还记得病中奢侈的愉悦心境。虽然同其他多次的害病一样，那次我仍然是孤独地被囚禁在一间房屋里休养的。那是我们老宅子里最后的一进房子；白粉墙围着小小院子，北面一排三间，当中夹着一个开敞的厅堂。我病在东头娘的卧室里。西头是婶婶的住房。娘同婶永远要在祖母的前院里行使她们女人们的职务的，于是我常是这三间房屋唯一留守的主人。

在那三间屋子里病着，那经验是难堪的。时间过得特别慢，尤其是在日中毫无睡意的时候。起初，我仅集注我的听觉在各种似脚步，又不似脚步的上面。猜想着，等候着，希望着人来。间或听听隔墙各种琐碎的声音，由墙基底下传达出来又消敛了去。过一会，我就不耐烦了——不记得是怎样的，我就蹑着鞋，挨着木床走到房门边。房门向着厅堂斜斜地开着一扇，我便扶着门框好奇地向外探望。

那时大概刚是午后两点钟光景，一张刚开过饭的八仙桌，异常寂寞地立在当中。桌下一片由厅口处射进来的阳光，泄泄融融地倒在那里。一个绝对悄寂的周围伴着这一片无声的金色的晶莹，不知为什么，忽使我六岁孩子的心里起了一次极不平常的振荡。

那里并没有几案花香，美术的布置，只是一张极寻常的八仙桌。如果我的记忆没有错，那上面在不多时间以前，是刚陈列过咸鱼、酱菜一类极寻常俭朴的午餐的。小孩子的心却呆了。或许两只眼睛倒张大一点，四处地望，似乎在寻觅一个问题的答案。为什么那片阳光美得那样动人？我记得我爬到房内窗前的桌子上坐着，有意无意地望望窗外，院里粉墙疏影同室内那片金色和煦决然不同趣味。顺便我翻开手边娘梳妆用的旧式镜箱，又上下摇动那小排状抽屉，同那刻成花篮形的小铜坠子，不时听雀跃过枝清脆的鸟语。心里却仍为那片阳光隐着一片模糊的疑问。

时间经过二十多年，直到今天，又是这样一泄阳光，一片不可捉摸，不可思议流动的而又恬静的瑰宝，我才明白我那问题是永远没有答案的。事实上仅是如此：一张孤独的桌，一角寂寞的厅堂。一只灵巧的镜箱，或窗外断续的鸟语，和水珠——那美丽小孩子的病名——便凑巧永远同初春静沉的阳光整整复斜斜地成了我回忆中极自然的联想。

日本的障子

夏丏尊

编者要我写些关于日本的东西，题材听我自找所喜欢的。我对于日本的东西，有不喜欢的，如“下驮”之类，也有喜欢的，如“障子”之类。既然说喜欢什么就写什么，那么让我来写“障子”吧。

所谓“障子”就是方格子的糊纸的窗户。纸窗是中国旧式家屋中常见到的，纸户纸门却不多见。中国家屋受了洋房的影响，即不是洋房，窗户也用玻璃了。日本则除真正的洋房以外，窗户还是用纸，不用玻璃。障子在日本建筑中是重要的特征之一。

据近来西洋学者的研究，太阳的紫外线通过纸较通过玻璃容易，纸窗在健康上比玻璃窗好得多。我的喜欢日本的障子，并非立脚于最近的科学上的研究，只是因为它富于情趣。

纸窗在我国向是诗的题材，东坡的“岁行尽矣，风雨凄然，纸窗竹屋，灯火青荧。时于此间，得少佳趣”，是能道出纸窗的情味的。姜白石的“等恁时重觅幽香，已入小窗横幅”，当然也是纸窗特有的情味。这种情味是在玻璃窗下的人所不能领略的，尤其是玻璃窗外附装着铁杆子的家屋的住民。

日本的障子比中国的纸窗范围用得更广，不但窗子用纸糊，门户也用纸糊。日本人是席地而坐的，室内并无桌椅床几等类的家具，空空的房子，除了天花板，墙壁，席子以外，就是障子了。障子通常是开着的，住在室内，不像玻璃窗户的内外通见，比较安静得多。阳光射到室内，灯光映到室外，都柔和可爱。至于那剪影似的轮廓鲜明的人影，更饶情趣，除了日本，任何地方都难得看到。

日本障子的所以特别可爱，似乎有几个原因。第一是格孔大，木杆细，看去简单明了。中国现在的纸窗，格孔小，木杆又粗，有的还要拼出种种的花样图案，结果所显出的纸的部分太少了。第二是不施髹漆，日本家屋凡遇木材的部分，不论柱子，天花板，廊下地板，扶梯，都保存原来的自然颜色，不涂髹彩。障子也是原色的，木材过了若干时，呈楠木似的浅褐色，和糊上去的白纸，色很调和。第三是制作完密，拉移轻便。日本家屋的门户用不着铰链，通常都是左右拉移。制作障子有专门工匠，用的是轻木材，合榫对缝，非常准确。不必多费气力，就能“嘶”地拉开，“嘶”地拉拢。第四是纸质的良好。日本的皮纸洁白而薄，本是讨人欢喜的。中国从前所用的糊窗纸，俗名“东洋皮纸”，也是从日本输入的，可是质料很差，不及日本人自己所用的“障子纸”好。障子纸洁白匀净，他们糊上格子去又顶真，拼接的地方一定在窗棂上，看不出接合的痕迹。日常拂拭甚勤，纸上不留纤尘，每年改糊二三次，所以总是干净洁白的。

日本趣味的可爱的一端是淡雅。日本很有许多淡雅的东西，如盆栽，如花卉屏插，如茶具，如庭园布置，如风景点缀，都是大家所赞许的。我以为最足代表的是障子，如果没有障子，恐怕一切都会改换情调，不但庭园，风景要失去日本的固有的情味，屏插、茶具等等的原来的雅趣也将难以调和了吧。

日本的文化在未与西洋接触以前，十之八九是中国文化的模仿。他们的雅趣，不消说是从中国学去的。即就盆栽一种而论，就很明白。现在各地花肆中所售的盆栽恶俗难耐，古代的盆栽一定不至恶俗如此。前人图画中所写的盆栽都是很有雅趣的，《浮生六记》里关于盆栽与屏插尚留有许多方法。因此我又想到障子，中国内地还有许多用纸窗的家屋，可是据我所见所闻，那构造与情味远不如日本的障子，也许东坡、白石所歌咏的纸窗，不像现在的样子吧。我们在前人绘画中，偶然也见到式样像日本障子的纸窗。

我喜欢日本的障子。

一棵开满白花的树

韩松落

张蕙兰瑜伽功法里，有一种专用来放松，一节一节放松身体的同时，冥想一些美丽的画面，并由一个画面跳到另一个，一池莲花，一片草地，一群孩子，碧海红日，等等。我有段时间用这方法入睡，每次开始冥想时，头脑中跃出的第一个画面，通常是一棵开满白花的树。

是从前在新疆老家常见的场景，很细碎的花，杏花、栗子花、苹果花，或者珍珠梅一类，细碎到像一片烟雾，树干不够健硕伟岸，却非常镇定，镇定地顶着一片粉白的烟雾，静静站在蓝天和绿草中间。是春天或者夏天的午后，阳光异常和暖，花枝轻摇，空气中似有芳香的颗粒静静挥散。

侯麦的《人间四季·春天的故事》里，就有个长着花树的小院子，浓绿的草地，衬着一棵白花累累的树，女主人公就在那里，絮絮地跟女友说着她的烦恼。电影海报里，就有那棵树，她走在树下，头上戴着花，手里攥着花，像波提切利的花神。欧容的《砂之下》，夏洛特·兰普林的那幢度假别墅前面，照旧有一树白花，他们或许早就习以为常，看也不多看一眼，视若无睹地进进出出，停车，开门，关门，砰的一声，把那棵树关在外边。

《甜性涩爱》里也有。电影一开始，女主人公在屋子里打电话，窗子外面就有白花树探了几条枝丫过来，花枝微颤着，有种扬扬自得。后来那棵树再没出现过，也许是拍电影时间太长，花季过了，也许是用来暗示她把性变成了爱，终于坏了心情，连环境都明媚不起来了。《纳尼亚传奇》里也有，纳尼亚国人聚会的那片山谷里，到处都是这样的花树，可惜那片子实在假，连带着那些花都让人疑心是特效的手笔。但不管什么电影，只要有那么一树白花，影片的气氛，就会被篡改了，留给我的印象，只是春天午后的温暖。

凡·高大概有着和我一样的喜好，他画了许多张春天的阿尔的果园，作画的日期异常接近，还都有着相似的构图、色彩，根本不避讳重复。大概他也和我一样，面对那种春天午后的温暖，心慌得无法放置，只好一次次重复，以表示自己的欢喜和慎重。而他关于阿尔的记忆，大概也就此被篡改了，饥饿、病痛，都被那种春天午后的温暖覆盖了。

最接近我冥想中的画面的，是林忆莲歌曲的MV中的一幕，蓝天绿草间，白色花树缓缓轻摇，欢喜、慎重到几乎令人热泪盈眶，脱口惊呼的地步，那首歌，是《至少还有你》。

一次再次，我想象着花满枝丫的图景，用那种春天午后的温暖，覆盖了疲倦和病痛，慢慢睡去。

秋天

李广田

生活，总是这样散文似的过去了，虽然在那早春时节，有如初恋者的心情一样，也曾经有过所谓“狂飙突起”，但过此以往，船便永浮在了缓流上。夏天是最平常的季候，人看了那绿得黝黑的树林，甚至那红得像再嫁娘的嘴唇似的花朵，不是就要感到了生命之饱满吗？这样饱满无异于“完结”，人不会对它默默地凝视也不会对它有所沉思了。那好像要烤焦了大地的日光，有如要把人们赶进墙缝里去一般，是比冬天还更使人讨厌。

而现在是秋天了，和春天比较起来，春天是走向“生”的路，那使我感到大大的不安，因为我自己是太弱了，甚至抵抗不过这自然的季候之变化，为什么听了街巷的歌声便停止了工作？为什么听到了雨滴便跑出了门外？一枝幼芽，一朵湿云，为什么就要感到了疯狂？我自恨不能和它鱼水和谐，它鼓作得我太不安定了，我爱它，然而我也恨它，即至到夏天成熟了，这才又对它思念起来，但是到了现在，这秋天，我却不记得对于春天是些什么情场了，只有看见那枝头的黄叶时，也还想：这也像那“绿柳才黄半未匀”的样子，但总是另一种意味了。我不愿意说秋天是走向“死”的路——请恕我这样糊涂安排——宁可把“死路”加给夏天，而秋天，甚至连那被人骂为黑暗的冬天，又何尝不是走向“生”的路呢，比较起春与夏来，我说它更是走向“生”路的。我将说那落叶是为生而落，而且那冰雪之下的枝条里面正在酝酿着生命之液。而它们的沉着的力，它们的为了将来，为了生命而表现出来的melancholy[①]，这使我感到了什么呢？这样的季候，是我所最爱的了。

但是比较起冬天来呢，我却又偏爱了秋。是的，就是现在，我觉得现在正合了我的歌子的节奏。我几乎说不出秋比冬为什么更好，也许因为那枝头的几片黄叶，或是那篱畔的几朵残花，在那些上边，是比较冬天更显示了生命，不然，是在那些上面，更使我忆起了生命吧，一只黄叶，一片残英，那在联系着过去与将来吧。它们将更使人凝视，更使人沉思，更使人怀想及希冀一些关于生活的事吧。这样，人曾感到了真实的存在。过去，现在，将来，世界是真实的，人生是真实的，一切都是真实的，所有的

---

① melancholy：忧郁，悲伤。

梦境，所有的幻想，都是无用的了，无用的事物都一幕幕地掣了过去，我们要向着人生静默，祈祷，来打算一些真实的事物了。

在我，常如是想：生活大非易事，然而这一件艰难的工作，我们是乐得来做的。诚然是艰难，然而也许正因为艰难才有着意义吧。而所谓“好生恶死”者，我想并非说是：“我愿生在世上，不愿死在地下。”如果不甚荒谬，我想该这样说：“我愿走在道上，不愿停在途中。”死不足怕，更不足恶，可怕而可恶的，而且是最无意味的，还不就是那停在途中吗？这样，所谓人生，是走在道上的了。前途是有着希望的，而且路是永长的。希望小的人是有福了，因为他们可以早些休息，然而他们也最不幸，因为他们停在途中了，那干脆不如到地下去。而希望大的人的呢，他们也是有福的吗？绝不，他们是更不幸的，然而人间的幸与不幸，却没有什么绝对的意义，谁知道幸的不幸与不幸之幸呢。路是永长的，希望是远大的，然而路上的荆棘呀，手脚的不利呀，这就是所谓人间的苦难了。但是这条路是要走的，因为人就是走在道上啊，真正尝味着人生苦难的人，他才真正能知道人生的快乐，深切地感到了这样苦难与快乐者，是真的意味到了“实在的生存”者。这样，还不已经足够了吗？如果，你以为还不够，或者你并不需要这样，那我不知道你将去找什么，——是神仙呢，还是恶魔？

话，说得有些远了，好在我这篇文章是没有目的的，现在再设法拉它回来，人生是走在道上的，希望是道上的灯塔，但是，在背后推着前进，或者说那常常在背后给人以鞭策的是什么呢？于此，让我们来看看这秋天吧！实在的，不知不觉地就来到秋天了，红的花已经变成了紫紫的又变了灰，而灰的这就要飘零了，一只黄叶在枝头摇摆着，你会觉到它即刻就有堕下来的危机，而当你踽踽地踏着地下的枯叶，听到那簌簌的声息，忽而又有一只落叶轻轻地滑过你的肩背飞了下来时，你将感到了什么呢？也许你只会念道，“落了！”等你漫步到旷野，看见那连天衰草的时候，你也许只会念道，“衰了！”然而，朋友们，你也许不曾想到西风会来得这样早，而且，也不该这样凄冷吧，然而你的单薄的衣衫，已经是很难将息的了。“全家都在秋风里，九月衣裳未剪裁”，这在我，年年是赶不上时令，年年是落在了后边的。懑怨时光的无情是无用的，而更可怕的还是人生这件事故吧。到此，人不能不用力地翘起了脚跟，伸长了颈项，去望一望那“道上的灯塔”。而就在这里，背后的鞭子打来了，那鞭子的名字叫作“恐怖”。生活力薄弱的我们，还不曾给“自己的生命”剪好了衣裳，然而西风是吹得够冷的了！

我真不愿看见那一只叶子落了下来，但又知道这叶落是一回“必然”的事，于是对于那一只黄叶就要更加珍惜了，对于秋天，也就更感到了亲切。当人发现了自己的头发是渐渐地脱落时，不也同样地对于头发而感到珍惜吗？同样地，是在这秋天的时候来意味着我们的生活。春天曾给人以希望，而秋天所给的希望是更悠远些，而且秋天所给与的感应是安定而沉着，它又给了人一支恐怖的鞭子，因为人看了这位秋先生的面容时，也不由得不自己照一照镜子了。

给了人更远的希望，向前的鞭策，意识到了生之实在的，而且给人以“沉着”的力量的，是这正在凋亡着的秋。我爱秋天，我对于这荒凉的秋天有如一位多年的朋友。

辑四

四处走走，你会热爱这个世界

日落总是醉人的，
像一次告别，
重复了亿万年。

西溪的晴雨

郁达夫

西北风未起，蟹也不曾肥，我原晓得芦花总还没有白，前两星期，源宁来看了西湖，说他倒觉得有点失望，因为湖光山色，太整齐，太小巧，不够味儿，他开来的一张节目上，原有西溪的一项；恰巧第二天又下了微雨，秋原和我就主张微雨里下西溪，好教源宁去尝一尝这西湖近旁的野趣。

天色是阴阴漠漠的一层，湿风吹来，有点儿冷，也有点儿香，香的野草花的气息。车过方井旁边，自然又下车来，去看了一下那座天主圣教修士们的古墓。从墓门望进去，只是黑沉沉、冷冰冰的一个大洞，什么也看不见，鼻子里却闻吸到了一种霉灰的阴气。

把鼻子掀了两掀，耸了一耸肩膀，大家都说，可惜忘记带了电筒，但在下意识里，自然也有一种恐怖、不安和畏缩的心意，直到了花坞的溪旁，走进窗明几净的静莲庵堂去坐下，喝了两碗清茶，这一些鬼胎，方才洗涤了个空空脱脱。

游西溪，本来是以松木场下船，带了酒盒行厨，慢慢儿地向西摇去为正宗。像我们那么高坐了汽车，飞鸣而过古荡、东岳，一个钟头要走百来里路的旅客，终于是难度的俗物，但是俗物也有俗益，你若坐在汽车座里，引颈而向西向北一望，直到湖州，只见一派空明，遥盖在淡绿成荫的斜平海上；这中间不见水，不见山，当然也不见人，只是渺渺茫茫，青青绿绿，远无岸，近亦无田园村落的一个大斜坡，过秦亭山后，一直到留下为止的那一条沿山大道上的景色，好处就在这里，尤其是当微雨朦胧，江南草长的春或秋的半中间。

从留下下船，回环曲折，一路向西向北，只在芦花浅水里打圈圈；圆桥茅舍，桑树蓼花，是本地的风光，还不足道；最古怪的，是剩在背后的一带湖上的青山，不知不觉，忽而又会得移上你的面前来，和你点一点头，又匆匆地别了。

摇船的少女，也总好算是西溪的一景；一个站在船尾把摇橹，一个坐在船头上使桨，身体一伸一俯，一往一来，和橹声的咿呀，水波的起落，凑合成一大又圆又曲的进行软调：游人到此，自然会想起瘦西湖边，竹西歌吹的闲情，而源宁昨天在漪园月下老人祠里求得的那支灵签，仿佛是完全地应了，签诗的语文，是《鄘风·桑中》章末后的三句，叫作“期我乎桑中，要我乎上宫，送我乎淇之上矣”。

此后便到了交芦庵，上了弹指楼，因为是在雨里，带水拖泥，终于也感不到什么的大趣，但这一天向晚回来，在湖滨酒楼上放谈之下，源宁却一本正经地说：“今天的西溪，却比昨日的西湖，要好三倍。”

前天星期假日，日暖风和，并且在报上也曾看到了芦花怒放的消息；午后日斜，老龙夫妇，又来约去西溪，去的时候，太晚了一点，所以只在秋雪庵的弹指楼上，消磨了半日之半。一片斜阳，反照在芦花浅渚的高头，花也并未怒放，树叶也不曾凋落，原不见秋，更不见雪，只是一味的晴明浩荡，飘飘然，浑浑然，洞贯了我们的肠腑，老僧无相，烧了面，泡了茶，更送来了酒，末后还拿出了纸和墨，我们看看日影下的北高峰，看看庵旁边的芦花荡，就问无相，花要几时才能全白？老僧操着缓慢的楚国口音，微笑着说：“总要到阴历十月的中间；若有月亮，更为出色。”说后，还提出了一个交换的条件，要我们到那时候，再去一玩，他当预备些精馔相待，聊当作润笔，可是今天的字，却非写不可，老龙写了“一剑横飞破六合，万家憔悴哭三吴”的十四个字，我也附和着抄了一副不知在哪里见过的联语：“春梦有时来枕畔，夕阳依旧上帘钩。”

喝得酒醉醺醺，走下楼来，小河里起了晚烟，船中间满载了黑暗，龙妇又逸兴遄飞，不知上哪里去摸出了一支洞箫来吹着。“其声呜呜然，如怨如慕，如泣如诉，余音袅袅，不绝如缕”，倒真有点像是七月既望，和东坡在赤壁的夜游。

天目山中笔记

徐志摩

佛于大众中　说我当作佛

闻如是法音　疑悔悉已除

初闻佛所说　心中大惊疑

将非魔作佛　恼乱我心耶

——莲花经譬喻品

山中不定是清静。庙宇在参天的大木中间藏着，早晚间有的是风，松有松声，竹有竹韵，鸣的禽，叫的虫子，阁上的大钟，殿上的木鱼，庙身的左边右边都安着接泉水的粗毛竹管，这就是天然的笙箫，时缓时急地掺和着天空地上种种的鸣籁，静是不静的；但山中的声响，不论是泥土里的蚯蚓叫或是轿夫们深夜里“唱宝”的异调，自有一种个别处：它来得纯粹，来得清亮，来得透澈，冰水似的沁入你的脾肺；正如你在泉水里洗濯过后觉得清白些，这些山籁，虽则一样是音响，也分明有洗净的功能。

夜间这些清籁摇着你入梦，清早上你也从这些清籁的怀抱中苏醒。

山居是福，山上有楼住更是修得来的。我们的楼窗开处是一片蓊葱的林海；林海外更有云海！日的光，月的光，星的光：全是你的。从这三尺方的窗户你接受自然的变幻；从这三尺方的窗户你散放你情感的变幻。自在；满足。

今早梦回时睁眼见满帐的霞光。鸟雀们在赞美；我也加入一份。它们的是清越的歌唱，我的是潜深一度的沉默。

钟楼中飞下一声洪钟，空山在音波的磅礴中震荡。这一声钟激起了我的思潮。不，潮字太夸；说思流罢。耶教人说阿门，印度教人说“欧姆”（Om），与这钟声的嗡嗡，同是从撮口外摄到阖口内包的一个无限的波动；分明是外扩，却又是内潜；一切在它的周缘，却又在它的中心；同时是皮又是核，是轴亦复是廓。这伟大奥妙的“Om”使人感到动，又感到静；从静中见动，又从动中见静。从安住到飞翔，又从飞翔回复安住；从实在境界超入妙空，又从妙空化生实在：

“闻佛柔软音，深远甚微妙。”

多奇异的力量！多奥妙的启示！包容一切冲突性的现象，扩大刹那间的视域，这单纯的音响，于我是一种智灵的洗净。花开，花落，天外的流星与田畦间的飞萤，上绾云天的青松，下临绝海的巉岩，男女的爱，珠宝的光，火山的熔液：一如婴儿在他的摇篮中安眠。

这山上的钟声是昼夜不间歇的，平均五分钟时一次。打钟的和尚独自在钟头上住着，据说他已经不间歇地打了十一年钟，他的愿心是打到他不能动弹的那天，钟楼上供着菩萨，打钟人在大钟的一边安着他的“座”，他每晚是坐着安神的，一只手挽着钟槌的一头，从长期的习惯，不叫睡眠耽误他的职司。“这和尚，”我自忖，“一定是有道理的！和尚是没道理的多：方才那知客僧想把七窍蒙充六根，怎么算总多了一个鼻孔或是耳孔；那方丈师的谈吐里不少某督军与某省长的点缀；那管半山亭的和尚更是贪嗔的化身，无端摔破了两个无辜的茶碗。但这打钟和尚，他一定不是庸流不能不去看看！”他的年岁在五十开外，出家有二十几年，这钟楼，不错，是他管的，这钟是他打的（说着他就过去撞了一下），他每晚，也不错，是坐着安神的，但此外，可怜，我的俗眼竟看不出什么异样。他拂拭着神龛，神座，拜垫，换上香烛，掇一盂水，洗一把青菜，捻一把米，擦干了手接受香客的布施，又转身去撞一声钟。他脸上看不出修行的清癯，却没有失眠的倦态，倒是满满的不时有笑容的展露；念什么经；不，就念阿弥陀佛，他竟许是不认识字的。“那一带是什么山，叫什么，和尚？”“这里是天目山。”他说。“我知道，我说的是那一带的。”我手点着问。“我不知道。”他回答。

山上另有一个和尚，他住在更上去昭明太子读书台的旧址，盖有几间屋，供着佛像，也归庙管的，叫作茅棚，但这不比得普陀山上的真茅棚，那看了怕人的，坐着或是偎着修行的和尚没一个不是鹄形鸠面，鬼似的东西。他们不开口的多，你爱布施什么就放在他跟前的篓子或是盘子里，他们怎么也不睁眼，不出声，随你给的是金条或是铁条。人说得更奇了，有的半年没有吃过东西，不曾挪过窝，可还是没有死，就这冥冥地坐着。他们大约离成佛不远了，单看他们的脸色，就比石片泥土不差什么，一样这黑刺刺、死僵僵的。“内中有几个，”香客们说，“已经成了活佛，我们的祖母早三十年来就看见他们这样坐着的！”

但天目山的茅棚以及茅棚里的和尚，却没有那样的浪漫出奇。茅棚是尽够蔽风雨的屋子，修道的也是活鲜鲜的人，虽则他并不因此减却他给我们的趣味。他是一个高身材、黑面目、行动迟缓的中年人；他出家将近十年，三年前坐过禅关，现在这山上茅棚里来修行；他在俗家时是个商人，家中有父母兄弟姊妹，也许还有自身的妻子；他不曾明说他中年出家的缘由，他只说“俗业太重了，还是出家从佛的好”，但从他沉着的语音与持重的神态中可以觉出他不仅是曾经在人事上受过磨折，并且是在思想上能分清黑白的人。他的口，他的眼，都泄漏着他内里强自抑制，魔与佛交斗的痕迹；说他是放过火杀过人的忏悔者，可信；说他是个回头的浪子，也可信。他不比那钟楼上人的不着颜色，不露曲折：他分明是色的世界里逃来的一个囚犯。三年的禅关，三年的草棚，还不曾压倒，不曾灭净，他肉身的烈火。“俗业太重了，不如出家从佛的好”；这话里岂不战栗着一往忏悔的深心？我觉着好奇；我怎么能得知他深夜趺坐时意念的究竟？

佛于大众中　说我当作佛
闻如是法音　疑悔悉已除
初闻佛所说　心中大惊疑
将非魔作佛　恼乱我心耶

但这也许看太奥了。我们承受西洋人生观洗礼的，容易把做人看太积极，入世的要求太猛烈，太不肯退让，把住这热虎虎的一个身子一个心放进生活的轧床去，不叫他留存半点汁水回去；非到山穷水尽的时候，决不肯认输，退后，收下旗帜；并且即使承认了绝望的表示，他往往直接向生存本体作取决，不来半不阑珊的收回了步子向后退：宁可自杀，干脆的生命的断绝，不来出家，那是生命的否认。不错，西洋人也有出家做和尚做尼姑的，例如亚佩腊与爱洛绮丝，但在他们是情感方面的转变，原来对人的爱移作对上帝的爱，这知感的自体与它的活动依旧不含糊地在着；在东方人，这出家是求情感的消灭，皈依佛法或道法，目的在自我一切痕迹的解脱。再说，这出家或出世的观念的老家，是印度不是中国，是跟着佛教来的；印度可以会发生这类思想，学者们自有种种哲理上乃至物理上的解释，也尽有趣味的。中国何以能容留这类思想，并且在实际上出家做尼僧的今天不比以前少（我新近一个朋友差一点做了小和尚！），这问题正值得研究，因为这分明不仅仅是个知识乃至意识的浅深问题，也许这情形尽有极有趣味的解释的可能，我见闻浅，不知道我们的学者怎样想法，我愿意领教。

太湖碎锦

范烟桥

太湖，用文人的套语来形容，是“三万六千顷、七十二峰”。民间则说“八百里太湖跨三州”。不经过实测，这样笼统地画出一个轮廓，只能给人们一种山明水秀、浩瀚无际的想象。至于它有什么诗情画意，要费一点时间实地去观察、探索，才能领会。

我从不同的角度，看太湖的部分画面，就感到有不同的胜概。洞庭东山、西山是太湖里两个主峰。东山周围五十余里，山势并不陡峭，土壤又滋润，经劳动人民世世代代辛苦经营，已成了丰产地区。山下坡田，种植各种水稻，是秋熟的主要农作物。夏熟是三麦和油菜，还有豆类和蔬菜瓜果。他们更有园艺的丰富经验，梅、杏、桃、李……多得数说不尽。枇杷、杨梅和洞庭红（橘名）名闻远近。随着春夏秋冬，它们先后开花结果，春天果然是“姹紫嫣红开遍”，夏天、秋天、冬天，也是各有烂漫绚丽的景色。说是“美尽东南”，并不夸张。从观赏说，四时皆宜；从生产说，那就是取之不尽、用之不竭的天然资源。江南的许多淡水鱼，这里样样都有。朝出暮归的千百艘大小渔船，点缀湖光水色中，渔民们勤劳、勇敢，征服自然，利用自然。

西山和东山隔着东太湖，东山最高峰——莫釐，和西山最高峰——缥缈遥遥相对，同为七十二峰的领袖。西山也是丰产地区，同是“花果山”，东山所有的名花嘉果，西山都繁生着。从东山坐独具风格的小艇——龙飞快，驶入东太湖，莫釐峰头，云气滃然如蒸。别的不知名的远近诸山，时隐时现，好似给烟波吞吐着，山色因明暗而浓淡不一。船家果然有眼明手快的本领，坐在船里的我，到湖心时常为颠簸震荡而惊心动魄。正因为如此，而愈觉山水奇丽得来不易的乐趣。兀立在东山、西山之间的石公山，则是以玲珑秀逸的姿态吸引着人们。小艇乘风破浪而去，到了山下，显然可见四围的山石，经过千万年的冲刷，有了“皱、瘦、透”的美姿，早给鉴赏者陆续凿去了，苏州园林里的太湖石，都是取于石公一带的石山。因此，石公山像斧削过，没有了山脚，正如一块翡翠放在一个玻璃盘里。

假使从苏州直接到西山，出蠡口，就展开了图画，山更多，湖更大，变幻就更多。王鏊“山与人相见，天将水共浮”，冯善“震泽春浮涨碧漪，净涵天影漾玻璃”，能把湖山之胜，描绘得恰到好处。道书上所说的第九洞天——林屋，就在西山。到了里面，石壁嶙峋如雕塑，是洞庭一奇。这里有许多神话，和山农们闲谈，妄言妄听，也增添了些兴趣。而西边的消夏湾，更附会着西施的种种传说。山湾柔顺的湖水，浅而澄清，可以游泳。有着荷花、菱叶，清风徐来，颇有凉意，确是夏天避暑的好去处。到了包山寺，才窥见缥缈峰突起在丛林杂树之上。近观不如远眺之美，大凡山水之胜，都有这个境界。有了山，有了水，才见得山的灵秀，水的空明。太湖就以此特饶奇胜。

太湖还有四个画面，和洞庭东山、西山合起来，差不多得见其全貌。一是从湖州到无锡的一段水程，在群山断续中经过，前后左右可以看到云峦起伏，似乎它们都有动态，与人游戏。一是从无锡到宜兴，数十分钟的汽车行程，在湖边掠过，太湖平铺在车外，远山几抹，可望而不可即。一是无锡的鼋头渚，割取了太湖的一角，经过人力的整理，有着怪石突兀、惊涛汹涌的奇趣。不仅有色，而且有声。夕阳将下，余晖照映湖面，金光璀璨，不可名状。一是苏州光福的石壁，也是太湖的一角，更见得静止处，已不是空阔浩渺的光景。而即小见大，可以使人有更多的推想。

阴、晴、风、雨、云、雾，固然使山水多变，适逢其会，逸趣横生。便是朝曦、夜月下特有的湖光山色，也是可遇而不可求的。古今诗人画师，尽管灵思妙想，摄取片段到诗画里，有着他们的杰作，还是概括提炼。我更无能，凭我接触到的，写了些许体味，或许有三言两语，能引起到过太湖者的同情，作会心的微笑。毕竟是“尝鼎一脔”，太湖实在是描写不尽，描写难工的。

途中

梁遇春

今天是个潇洒的秋天，飘着零雨，我坐在电车里，看到沿途店里的伙计们差不多都是懒洋洋地在那里谈天，看报，喝茶——喝茶的尤其多，因为今天实在有点冷起来了。还有些只是倚着柜头，望望天色。总之纷纷扰扰的十里洋场顿然现出闲暇悠然的气概，高楼大厦的商店好像都化作三间两舍的隐庐，里面那班平常替老板挣钱，向主顾赔笑的伙计们也居然感到了生活余裕的乐处，正在拉闲扯散地过日，仿佛全是古之隐君子了。路上的行人也只是稀稀的几个，连坐在电车里面上银行去办事的洋鬼子们也燃着烟斗，无聊赖地看报上的广告，平时的燥气全消，这大概是那件雨衣的效力罢！到了北站，换上去西乡的公共汽车，雨中的秋之田野是别有一种风味的。外面的蒙蒙细雨是看不见的，看得见的只是车窗上不断地来临的小雨点，同河面上错杂得可喜的纤纤雨脚。此外还有粉般的小雨点从破了的玻璃窗进来，栖止在我的脸上。我虽然有些寒战，但是受了雨水的洗礼，精神变成格外地清醒。已撄世网，醉生梦死久矣的我真不容易有这么清醒，这么气爽。再看外面的景色，既没有像春天那娇艳得使人们感到它的不能久留，也不像冬天那样树枯草死，好似世界是快毁灭了，却只是静默默地，一层轻轻的雨雾若隐若现地盖着，把大地美化了许多，我不禁微吟着乡前辈姜白石的词句，真是“人生难得秋前雨”。忽然想到今天早上她皱着眉头说道：“这样凄风苦雨的天气，你也得跑那么远的路程，这真可厌呀！”我暗暗地微笑。她哪里晓得我正在凭窗赏玩沿途的风光呢？她或者以为我现在必定是哭丧着脸，像个到刑场的死囚，万不会想到我正流连着这叶尚未凋，草已添黄的秋景。同情是难得的，就是错误的同情也是无妨，所以我就让她老是这样可怜着我的仆仆风尘罢；并且有时我有什么逆意的事情，脸上露出不豫的颜色，可以借路中的辛苦来遮掩，免得她一再追究，最后说出真话，使她凭添了无数的愁绪。

其实我是个最喜欢在十丈红尘里奔走道路的人。我现在每天在路上的时间差不多总在两点钟以上，这是已经有好几月了，我却一点也不生厌，天天走上电车，老是好像开始蜜月旅行一样。电车上和道路上的人们彼此多半是不相识的，所以大家都不大拿出假面孔来，比不得讲堂里，宴会上，衙门里的人们那样彼此拼命地一味敷衍。公园，影戏院，游戏场，馆子里面的来客个个都是眉开眼笑的，最少也装出那么样子，墓地、法庭、医院、药店的主顾全是眉头皱了几十纹的，这两下都未免太单调了，使我们感到人世的平庸无味，车子里面和路上的人们却具有万般色相，你坐在车里，只要你睁大眼睛不停地观察了三十分钟，你差不多可以在所见的人们脸上看出人世一切的苦乐感觉同人心的种种情调。你坐在位子上默默地鉴赏，同车的客人们老实地让你从他们的形色举止上去推测他们的生平同当下的心境，外面的行人一一现你眼前，你尽可恣意瞧着，他们并不会晓得，而且他们是这么不断地接连走过，你很可以拿他们来彼此比较，这种普通人的行列的确是比什么赛会都有趣得多，路上源源不绝的行人可说是上帝设计的赛会，当然胜过了我们佳节时红红绿绿的玩意儿了。并且在路途中我们的心境是最宜于静观的，最能吸收外界的刺激的。我们通常总是有事干，正经事也好，歪事也好，我们的注意免不了特别集中在一点上，只有路途中，尤其走熟了的长路，在未到目的地以前，我们的方寸是悠然的，不专注于一物，却是无所不留神的，在匆匆忙忙的一生里，我们此时才得好好地看一看人生的真况。所以无论从哪一方面说起，途中是认识人生最方便的地方。车中、船上同人行道可说是人生博览会的三张入场券，可惜许多人把它们当作废纸，空走了一生的路。我们有一句古话："读万卷书，行万里路。"所谓行万里路自然是指走遍名山大川，通都大邑，但是我觉换一个解释也是可以。一条的路你来往走了几万遍，凑成了万里这个数目，只要你真用了你的眼睛，你就可以算是懂得人生的人了。俗语说道："秀才不出门，能知天下事。"我们不幸未得入泮[①]，只好多走些路，来见见世面罢！对于人生有了清澈的观照，世上的荣辱祸福不足以扰乱内心的恬静，我们的心灵因此可以获到永久的自由，可见个个的路都是到自由的路，并不限于罗素先生所钦定的；所怕的就是面壁参禅，目不窥路的人们，他们自甘沦落，不肯上路，的确是无法可办。读书是间接地去了解人生，走路是直接地去了解人生，一落言诠，便非真谛，所以我觉得万卷书可以搁开不念，万里路非放步走去不可。

了解自然，便是非走路不可。但是我觉得有意的旅行倒不如通常的走路那样能与自然更见亲密。旅行的人们心中只惦着他的目的地，精神是紧张的。实在不宜于裕然地接受自然的美景。并且天下的风光是活的，并不拘于一谷一溪，一洞一岩，旅行的人们所看的却多半是这些名闻四海的死景，人人莫名其妙地照例赞美的胜地。旅行的人们也只得依样葫芦一番，做了万古不移的传统的奴隶。这又何苦呢？并且只有自己发现出的美景对着我们

① 入泮：古代学校前有泮池，故称学校为泮宫，科举时代学童考中秀才入学则称为"入泮"。

才会有贴心的亲切感觉，才会感动了整个心灵，而这些好景却大抵是得之偶然的，绝不能强求。所以有时因公外出，在火车中所瞥见的田舍风光会深印在我们的心坎里，而花了盘川[①]，告了病假去赏玩的名胜倒只是如烟如雾地浮动在记忆的海里。今年的春天同秋天，我都去了一趟杭州，每天不是坐在划子里听着舟子的调度，就是跑山，恭敬地聆着车夫的命令，一本薄薄的指南隐隐地含有无上的威权，等到把所谓胜景一一领略过了，重上火车，我的心好似去了重担。当我再继续过着我通常的机械生活，天天自由地东瞧西看，再也不怕受了舟子、车夫、游侣的责备，再也没有什么应该非看不可的东西，我真快乐得几乎发狂。西泠的景色自然是渐渐消失得无影无迹，可惜消失得太慢，起先还做了我几个噩梦的背境。当我梦到无私的车夫，带我走着崎岖难行的宝石山或者光滑不能住足的往龙井的石路，不管我怎样求免，总是要迫我去看烟霞洞的烟霞同龙井的龙角。谢谢上帝，西湖已经不再浮现在我的梦中了。而我生平所最赏心的许多美景是从到西乡的公共汽车的玻璃窗得来的。我坐在车里，任它一上一下，一左一右地跳荡，看着老看不完的十八世纪长篇小说，有时闭着书随便望一望外面天气，忽然觉得青翠迎人。遍地散着香花，晴天现出不可描摹的蓝色。我顿然感到春天已到大地，这时我真是神魂

① 盘川：方言词汇，指路费。

飞在九霄云外了。再去细看一下，好景早已过去，剩下的是闸北污秽的街道，明天再走到原地，一切虽然仍旧，总觉得有所不足，与昨天是不同的，于是乎那天的景色永留在我的心里。甜蜜的东西看得太久了也会厌烦，真真的好景都该这样一瞬即逝，永不重来。婚姻制度的最大毛病也就是在于日夕聚首：将一切好处都因为太熟而化成坏处了。此外在热狂的夏天、风雪载途的冬季，我也常常出乎意料地获到不可名言的妙境，滋润着我的心田。会心不远，真是陆放翁所谓的“何处楼台无月明”。自己培养有一个易感的心境，那么走路的确是了解自然的捷径。

“行”不单是可以使我们清澈地了解人生同自然，它自身又是带有诗意的，最浪漫不过的。雨雪霏霏，杨柳依依，这些境界只有行人才有福享受的。许多奇情逸事也都是靠着几个人的漫游而产生的。《西游记》，《镜花缘》，《老残游记》，Cervantes[①]的《吉诃德先生》[②]（*Don Quixote*），Swift[③]的《海外轩渠录》[④]（*Gulliver's Travels*），Bunyan[⑤]的《天路历程》

---

① Cervantes：西班牙作家塞万提斯。

②《吉诃德先生》：现译作《堂吉诃德》。

③ Swift：英国作家斯威夫特。

④《海外轩渠录》：现译作《格列佛游记》。

⑤ Bunyan：英国作家班扬。

（*Pilgrim's Progress*），Cowper[①]的《痴汉骑马歌》[②]（*John Gilpin*），Dickens的*Pickwick Papers*[③]，Byron的*Childe Harold's Pilgrimage*[④]，Fielding的*Joseph Andrews*[⑤]，Gogols的*Dead Souls*[⑥]等不可一世的杰作没有一个不是以"行"为骨子的，所说的全是途中的一切，我觉得文学的浪漫题材在爱情以外，就要数到"行"了。陆放翁是个豪爽不羁的诗人，而他最出色的杰作却是那些纪行的七言。我们随便抄下两首，来代我们说出"行"的浪漫性罢！

剑南道中遇微雨

衣上征尘杂酒痕，远游无处不销魂。
此身合是诗人未，细雨骑驴入剑门。

南定楼遇急雨

行遍梁州到益州，今年又作度泸游。

---

① Cowper：英国诗人柯珀。
②《痴汉骑马歌》：现译作《约翰·吉尔平》。
③ Dickens的*Pickwick Papers*：狄更斯的《匹克威克外传》。
④ Byron的*Childe Harold's Pilgrimage*：拜伦的《恰尔德·哈洛尔德游记》。
⑤ Fielding的*Joseph Andrews*：菲尔丁的《约瑟夫·安德鲁斯》。
⑥ Gogols的*Dead Souls*：果戈理的《死魂灵》。

江山重复争供眼，风雨纵横乱入楼。

入语朱离逢峒獠，棹歌欸乃下吴州。

天涯住稳归心懒，登览茫然却欲愁。

因为“行”是这么会勾起含有诗意的情绪的，所以我们从“行”可以得到极愉快的精神快乐，因此“行”是解闷销愁的最好法子，将濒自杀的失恋人常常能够从漫游得到安慰，我们有时心境染了凄迷的色调，散步一下，也可以解去不少的忧愁。Hawthorne①同Edgar Allen Poe②最爱描状一个心里感到空虚的悲哀的人不停地在城里的各条街道上回复地走了又走，以冀对于心灵的饥饿能够暂时忘却，Dostoivsky③的《罪与罚》里面的Raskolinkov④犯了杀人罪之后，也是无目的到处乱走。仿佛走了一下，会减轻了他心中的重压。甚至于有些人对于“行”具有绝大的趣味，把别的趣味一齐压下了，Stevenson⑤的《流浪汉之歌》就表现出这样的一个人物，他在最后一段里说道：“财富我不要，希望，爱情，知己的朋友，我也不要；我所要的只是上面

---

① Hawthorne：美国作家霍桑。

② Edgar Allen Poe：美国作家埃德加·爱伦·坡。

③ Dostoivsky：俄国作家陀思妥耶夫斯基。

④ Raskolinkov：拉斯柯尔尼科夫。

⑤ Stevenson：英国作家史蒂文森。

的青天同脚下的道路。”

Wealth I ask not, hope nor love,
Nor a friend to know me;
All I ask, the heaven above
And the road below me.

Walt Whitman[①]也是一个歌颂行路的诗人，他的《大路之歌》真是“行”的绝妙赞美诗，我就引他开头的雄浑诗句来作这段的结束罢！

A foot and light-hearted I take to the open road,
Healthy, free, the world before me,
The long brown path before me leading Wherever I choose.[②]

我们从摇篮到坟墓也不过是一条道路，当我们正寝以前，我们可说是老在途中。途中自然有许多的苦辛，然而四围的风光

---

① Walt Whitman：美国诗人沃尔特·惠特曼。

② 我带着双足和轻灵的心走上大路，
健康，自由，整个世界铺展在我面前，
棕色的长路可以引我到想去的任何地方。

和同路的旅人都是极有趣的，值得我们跋涉这程路来细细鉴赏。除开这条悠长的道路外，我们并没有别的目的地，走完了这段征程，我们也走出了这个世界，重回到起点的地方了。科学家说我们就归于毁灭了，再也不能重走上这段路途，主张灵魂不灭的人们以为来日方长，这条路我们还能够一再重走了几千万遍。将来的事，谁去管它，也许这条路有一天也归于毁灭。我们还是今天有路今天走罢，最要紧的是不要闭着眼睛，朦朦一生，始终没有看到了世界。

乌篷船

周作人

子荣[1]君：

接到手书，知道你要到我的故乡去，叫我给你一点什么指导。老实说，我的故乡，真正觉得可怀恋的地方，并不是那里；但是因为在那里生长，住过十多年，究竟知道一点情形，所以写这一封信告诉你。

我所要告诉你的，并不是那里的风土人情，那是写不尽的，但是你到那里一看也就会明白的，不必啰唆地多讲。我要说的是一种很有趣的东西，这便是船。你在家乡平常总坐人力车，电车，或是汽车，但在我的故乡那里这些都没有，除了在城内或山上是用轿子以外，普通代步都是用船。船有两种，普通坐的

① 子荣：周作人的笔名。

都是“乌篷船”，白篷的大抵作航船用，坐夜航船到西陵去也有特别的风趣，但是你总不便坐，所以我也就可以不说了。乌篷船大的为“四明瓦”（Symenngoa），小的为脚划船（划读如uoa）亦称小船。但是最适用的还是在这中间的“三道”，亦即三明瓦。篷是半圆形的，用竹片编成，中夹竹箬，上涂黑油；在两扇“定篷”之间放着一扇遮阳，也是半圆的，木作格子，嵌着一片片的小鱼鳞，径约一寸，颇有点透明，略似玻璃而坚韧耐用，这就称为明瓦。三明瓦者，谓其中舱有两道，后舱有一道明瓦也。船尾用橹，大抵两支，船首有竹篙，用以定船。船头着眉目，状如老虎，但似在微笑，颇滑稽而不可怕，唯白篷船则无之。三道船篷之高大约可以使你直立，舱宽可以放下一顶方桌，四个人坐着打麻将，——这个恐怕你也已学会了罢？小船则真是一叶扁舟，你坐在船底席上，篷顶离你的头有两三寸，你的两手可以搁在左右的舷上，还把手都露出在外边。在这种船里仿佛是在水面上坐，靠近田岸去时泥土便和你的眼鼻接近，而且遇着风浪，或是坐得少不小心，就会船底朝天，发生危险，但是也颇有趣味，是水乡的一种特色。不过你总可以不必去坐，最好还是坐那三道船罢。

你如坐船出去，可是不能像坐电车的那样性急，立刻盼望走到。倘若出城，走三四十里路（我们那里的里程是短，一里才及英里三分之一），来回总要预备一天。你坐在船上，应该是游山的态度，看看四周物色，随处可见的山，岸旁的乌桕，河边的红蓼和白苹，渔舍，各式各样的桥，困倦的时候睡在舱中拿出随笔来看，或者冲一碗清茶喝喝。偏门外的鉴湖一带，贺家池，壶觞左近，我都是喜欢的，或者往娄公埠骑驴去游兰亭（但我劝你还是步行，骑驴或者于你不很相宜），到得暮色苍然的时候进城上都挂着薜荔的东门来，倒是颇有趣味的事。倘若路上不平静，你往杭州去时可于下午开船，黄昏时候的景色正最好看，只可惜这一带地方的名字我都忘记了。夜间睡在舱中，听水声橹声，来往船只的招呼声，以及乡间的犬吠鸡鸣，也都很有意思，雇一只船到乡下去看庙戏，可以了解中国旧戏的真趣味，而且在船上行动自如，要看就看，要睡就睡，要喝酒就喝酒，我觉得也可以算是理想的行乐法。只可惜讲维新以来这些演剧与迎会都已禁止，中产阶级的低能人别在“布业会馆”等处建起“海式”的戏场来，请大家买票看上海的猫儿戏。这些地方你千万不要去。——你到我那故乡，恐怕没有一个人认得，我又因为在教书不能陪你去玩，坐夜船，谈闲天，实在抱歉而且惆怅。川岛君夫妇现在偁山下，本来可以给你绍介，但是你到那里的时候他们恐怕已经离开故乡了。初寒，善自珍重，不尽。

十五年一月十八日夜，于北京

卢沟晓月

王统照

“苍凉自是长安日，呜咽原非陇头水。”

这是清代诗人咏卢沟桥的佳句，也许，长安日与陇头水六字有过分的古典气息，读去有点碍口？但，如果你们明了这六个字
用联想与想象的力量凑合起、提示起这地方的环境、风
的变化，你自然感到像这样“古典”的应用确能增

，从现在的河北省、清代的京兆区域里
的桑干河。在外古的战史上，在多少吊
桑干河三字并不生疏。但，说到治水、隰
个专名似乎就不是一般人所知了。还有，凡到过北
不记得北平城外的永定河——即不记得永定河，而外
永定门，大概可说是“无人不晓”罢。我虽不来与

大家谈考证，讲水经，因为要叙叙卢沟桥，却不能不谈到桥下的水流。

治水、隰水、灅水，以及俗名的永定河，其实都是那一道河流——桑干。

还有，河名不甚生疏，而在普通地理书上不大注意的是另外一道大流——浑河。浑河源出浑源，距离著名的恒山不远，水色浑浊，所以又有小黄河之称。在山西境内已经混入桑干河，经怀仁，大同，委弯曲折，至河北的怀来县。向东南流入长城；在昌平县境的大山中如黄龙似的转入宛平县境，二百多里，才到这条巨大雄壮的古桥下。

原非陇头水，是不错的，这桥下的汤汤流水，原是桑干与浑河的合流；也就是所谓治水、隰水、灅水、永定河与浑河、小黄河、黑水河（浑河的俗名）的合流。

桥工的建造既不在北宋的时代，也不开始于蒙古人的占据北平。金人与南宋南北相争时，于大定二十九年六月方将这河上的木桥换了，用石料造成。这是见之于金代的诏书，据说："明昌二年三月桥成，敕命名广利，并建东西廊以便旅客。"

马哥孛罗[①]来游中国，服官于元代的初年时，他已看见，这雄伟的工程，曾在他的游记里赞美过。

---

① 马哥孛罗：现译作马可·波罗。

经过元明两代都有重修，但以正统九年的加工比较伟大，桥上的石栏，石狮，大约都是这一次重修的成绩。清代对此桥的大工役也有数次，乾隆十七年与五十年两次的动工，确为此桥增色不少。

“东西长六十六丈，南北宽二丈四尺，两栏宽二尺四寸，石栏一百四十，桥孔十有一，第六孔适当河之中流。”

按清乾隆五十年重修的统计，对此桥的长短大小有此说明，使人（没有到过的）可以想象它的雄壮。

从前以北平左近的县分属顺天府，也就是所谓京兆区。经过名人题咏的，京兆区内有八种胜景：例如西山霁雪、居庸叠翠、玉泉垂虹等，都是很幽美的山川风物。卢沟不过有一道大桥，却居然也与西山居庸关一样刊入八景之一，便是极富诗意的“卢沟晓月”。

本来，“杨柳岸晓风残月”是最易引动从前旅人的感喟与欣赏的凌晨早发的光景；何况在远来的巨流上有这一道雄伟壮丽的石桥；又是出入京都的孔道，多少官吏、士人、商贾、农、工，为了事业，为了生活，为了游览，他们不能不到这名利所萃的京城，也不能不在夕阳返照，或东方未明时打从这古代的桥上经过。你想：在交通工具还没有如今迅速便利的时候，车马，担簦，来往奔驰，再加上每个行人谁没有忧、喜、欣、戚的真感横在心头，谁不为“生之活动”在精神上负一份重担？盛景当前，把一片壮美的感觉移入渗化于自己的忧喜欣戚之中，无论他是有怎样的观照，由于时间与空间的变化错综，面对着这个具有崇高美的压迫力的建筑物，行人如非白痴，自然以其鉴赏力的差别，与环境的相异，生发出种种的触感。于是留在他们的心中，或留在借文字绘画表达出的作品中，对于卢沟桥三字真有很多的酬报。

不过，单以“晓月”形容卢沟桥之美，据传说是另有原因：每当旧历的月尽头（晦日），天快晓时，下弦的钩月在别处还看不分明，如有人到此桥上，他偏先得清光。这俗传的道理是否可靠，不能不令人疑惑。其实，卢沟桥也不过高起一些，难道同一时间在西山山顶，或北平城内的白塔（北海山上）上，看那晦晓的月亮，会比卢沟桥上不如？不过，话还是不这么拘板说为妙，用“晓月”陪衬卢沟桥的实是一位善于想象而又身经的艺术家的妙语，本来不预备后人去做科学的测验。你想：“一日之计在于晨。”何况是行人的早发。朝气清蒙，烘托出那勾人思感的月亮——上浮青天，下嵌白石的巨桥。京城的雉堞若隐若现，西山的云翳似近似远，大野无边，黄流激奔……这样光，这样色彩，这样地点与建筑，不管是料峭的春晨，凄冷的秋晓，景物虽然随时有变，但若无雨雪的降临，每月末五更头的月亮，白石桥，大野，黄流，总可凑成一幅佳画，渲染飘浮于行旅者的心灵深处，发生出多少样反射的美感。

你说：偏以“晓月”陪衬这“碧草卢沟”（清刘履芬的《鸥梦词》中有长亭怨一阕，起语是：叹销春间关轮铁，碧草卢沟，短长程接），不是最相称的“妙境”么？

无论你是否身经其地，现在，你对于这名标历史的胜迹，大约不止于“发思古之幽情”罢？其实，即以思古而论也尽够你深思，咏叹，有无穷的兴感！何况血痕染过那些石狮的鬈鬣，白骨在桥上的轮迹里腐化，漠漠风沙，呜咽河流，自然会造成一篇悲壮的史诗。就是万古长存的“晓月”也必定对你惨笑，对你冷觑，不是昔日的温柔，幽丽，只引动你的“清念”。

桥下的黄流，日夜呜咽，泛挹着青空的灏气，伴守着沉默的郊原……

他们都等待着有明光大来与洪涛冲荡的一日——那一日的清晓。

永观堂的新绿

夏小暖

追樱之旅的最后一日，我在京都，早起去了趟南禅寺旁的永观堂。

惦记着蒋勋先生在书里曾写到永观堂里的回首阿弥陀，想着一定要去见上一面。跟着手机导航独自前往，因永观堂以红叶闻名，是京都最有名的赏枫名所之一，秋天时节色彩鲜艳的红叶美不胜收，此刻门庭冷落，游客稀少，未免有些凄凉，却偶得一片独享的安宁。不必人挤人地跟了去，虽不是赏枫佳节，却是我观佛的好时机。

一片新绿掩映之中是寺庙的正门，买了票，脱了鞋，沿着动线[①]开始参拜。

---

① 动线：建筑与室内设计用语，指人在室内室外走动的路线。此处指永观堂的参观路线。

永观堂全称是无量寿寺院禅林寺，乃日本净土宗西山禅林寺派的总寺院。该禅院原为文人藤原关雄的别墅，后因复兴之祖永观律师（1033—1111年，“律师”为高僧的一种职称）入主该寺，遂被称为永观堂。

空寂的寺里，十分清静，要走很久才会遇上几个参拜的游客。我也并不急着去找那尊回首阿弥陀，心里总觉得循序渐进才更有仪式感，想来修佛之人在一睹真身前可是要焚香沐浴更衣的呢。

永观堂的春天也是极美的，新绿正当时。初春草木显现的颜色，从寺院的每一处弥漫开来，尽收眼底。背后的整片山林由各种新绿交叠，枫树抽绿芽，娇嫩欲滴，为秋日的红做着储备。长廊依山而建，整座寺院均是木结构，人走上去的时候还能听到“咯吱咯吱”的声响，不时还会传来林间的鸟语，寂静之处才能听见天籁之音，于是更警惕地放轻了脚步，生怕惊扰到了它们。

在逐渐年长之后的旅行，才开始看到“无”背后的“有”，看到“春”会想到“秋”。除非是你长期生活着的地方，否则终究无法通过一次看到所有，因此有了更多的耐性。很多时候，我们借由事物的对立面来认识事物的本质，只知道春天的生命是不完整的，只看到秋天的红叶也是不完整的，旅行对我来说也是如此。因此，当我目睹永观堂之新绿时，才会无限想象着它红叶满院之盛景。

置身一方灵性的古刹之中，以肃穆的寺院为我身背的屏风，以这些春天的新绿秋天的红叶作为我无尽的想象。京都的幽清洁净，我全沾染享受拥有了。

走进大殿，正前方即是回头的阿弥陀佛像。

都说阿弥陀佛从不回头，佛已入涅槃，不受后有，因此是不会回头的。而全世界只有永观堂的阿弥陀回了头，这尊木雕造像其特别之处在于佛像的头部是转向左边的，以优美的曲线越过左肩往后方回头。这尊佛像还有一个意味深长的典故：相传在永观和尚五十岁时，一日在正殿边走边念佛，因分心而没有跟上，忽见阿弥陀佛突然显身，永观和尚不觉惊呆停步，阿弥陀佛于是回首且曰："永观，迟矣！"点醒了永观十劫未渡。后人据此传奇故事制作成头部朝左满面笑容的阿弥陀佛立像，这珍奇的杰作，被亲密地称为"回首阿弥陀"。这也是世界上唯一的一尊回头佛。

在佛像回头的一侧，我默默站立良久，而后听到了钟声，整个人都可以安定下来的笃定。想到王国维在《人间词话》中说过生命的三个境界：第一重境界是"昨夜西风凋碧树，独上高楼，望尽天涯路"；第二重境界是"衣带渐宽终不悔，为伊消得人憔悴"；第三重境界是"众里寻他千百度，蓦然回首，那人却在灯火阑珊处"。那本书也是从我二十岁那年买来，并没怎么去读，三十岁之后再读，像是突然被点醒，似乎才能有了一些自己的理解。

年轻气盛时，只知道往前冲，从不回头，心里自负地认为反正最后总会有人在灯火阑珊处。渐渐地，花了很多时间，走了很远的路，突然发现越过山丘竟已无人等候，恍然觉得应该学会回头看了。如今才开始懂得，如果没有“找”的愿望，是不会有答案的，答案也许就在“找”的过程中。其实“蓦然回首”是非常刹那和偶然的，你没有办法刻意去求，而必须在“千百度”中积累，没有“千百度”，那个人“蓦然回首”也并没有用。

从大殿回廊向外眺望，春景让人流连。在庭院里坐下，看着不断冒着新绿的枫树，溪流沿着爬满苔藓的庭石，从蜿蜒的小径间淌过，与院外隐隐的虫鸣鸟叫竟融为了一体。

沿阶梯而上，苔痕上阶绿，草色入帘青，登上永观堂的最高处，有一观景台名“日想观”。登高望远，自是豁然开朗。从水平转为俯视的角度远看永观堂，木头建筑被自然环抱，看不清细节却窥得了全貌。当然，更可俯瞰京都城。拥有悠久历史的京都，除了有深远的文化和优雅的传统之外，强烈的四季情绪，才更是让人赞叹、依恋。

抵达并享受它，就是意义本身

桃二

旅伴喝了酒呼呼睡去，伴着轻鼾，我却毫无睡意。想起这两年几乎有一半的时间都在外面晃荡，也不只是旅行。对我来说，抵达那里并享受它，就是意义本身。

这次临时起意来北疆，为了去尼勒克和阿勒泰看看，如果说有什么期待，也只是想在苍阔天地间做一个小小的自然茶会。正值尼勒克入冬，山上开始下雪，而山下依然青草茂盛河谷流动，倒更像是秋天。六百多公里外的阿勒泰地区自然地貌完全不同，在福海，一望无际的荒漠里，贴地生长的灌木植物铺满整片土地，这里的牧场更加开阔，空气也更干燥和炎热。开车时望向窗外，还以为自己在巨大的布景中穿行。

每天的行程以至少二百公里来计算。恰好此次带队的朋友是尼勒克人，每到一个地方，当地的朋友如果有兴致就会加入我们的行程。我们三个人跟着他们去了很多地方，比如今天，新朋友带着我们开上几百公里只为去看白桦林，再开几百公里回来。而此时此刻，我正坐在茶桌前写下这些字，也是旅途中唯一一次正儿八经坐着喝一口热茶。

城市生活久了，我们的眼睛每天都被建筑、马路和缺乏想象力的绿化填满。近五千公里外的此地，视野被完全解放，目力所及也望不到边。眼看着山就在眼前，开了很久很久才只到"看起来近了"的地方。

开车去追海岸线看日落，明明已抵达地图上的点，巨大的空间感让人失去了中心，我们无法再遵照"需要某个重点或某个目的"的惯性，而把自己放在天地之间，自然之中，当下的时空里。这样的时候，念头消失了，所谓大自然的存在才会真正展现出来，我们也才能真正感受到何为自然之美。

日落总是醉人的，像一次告别，重复了亿万年。远处海平面尽头一轮又红又圆的落日渐已西沉，海面呈现出粉红、粉紫、粉蓝不同的颜色，最终成为深浓的酡红色。眼前这落日，竟是雄浑而悲壮的。若不是真真切切站在海边，不然"大漠孤烟直，长河落日圆"必会脱口而出。可这落日，又和历史上无数个落日有什么不同呢？

身体里有一种东西想要出来，它从每一个细胞，每一条神经，每一个毛孔里钻出来，转而变成了自由地舞动。巨大的余晖里，脚下巨大的砂岩表层被晒得龟裂，空气里有干草的气味，感觉到后背的温热，脸颊因高温暴晒而干燥，身体被风抚触，所有的一切都消失了，只有风声，温柔的穿越亘古的风声。

旅途中令人感到欣慰的，往往就是这短暂的一瞬，令人震颤的美的一瞬。这美啊，是万分之一秒的剧烈震颤，是一颗心和眼前的壮美消融。这美啊，何尝不是存在于我们心中。

尼勒克的第一夜做了一个梦，梦见自己变成了大地，上面青草茂盛，湖泊如镜。

辑五

日日有小暖，至味在人间

松火柴在炉灶上
吐着红焰，
带了缭绕的青烟，
横过马路。
在下风头远远地就能
嗅到一种烤肉香。

十七岁的远行[①]

陈晓卿

总会想起多年前的那个晚上，当时我十七岁。

站台上，全家人给我送行。我面前是一个大旅行包，还有一个硕大的包袱，用背包带捆得很紧，里面是我的衣物和一床新被子。我妈站在一旁，又递过来一个书包，里面鼓鼓囊囊。天气很热，我一面示意他们回去，一面把装满食物的书包递还给我妈。“北京什么吃的都有，用不着这些。”我显得很不耐烦。

事实上，我妈妈的担心，是从我填报高考志愿时就开始了，我想读北京的学校，这让她隐隐感到不安。“为什么不报考南方的学校呢？”她总是轻声地嘟囔，“听说北京粮食供应里，还有

① 本文原载陈晓卿个人微信公众号：人老猪黄（chen_xq2016）。

四分之一的杂粮呢。”母亲是中学教师，对学生说的是艰苦奋斗建设四化的大道理，但归结到自己家里，她还是希望儿子有更好的生活条件。

我母亲出生在江淮之间的六安县，大学毕业时，为了爱情，和父亲一起来到了皖东北的小县城教书。在我童年的记忆里，她从来没有停止过对皖北的吐槽，其中最多的是卫生习惯和饮食习惯。她总会用很长的篇幅，怀念大别山区我外公外婆家的小山村，风景有多秀丽，腊肉有多解馋，糍粑有多香甜，蔬菜的种类有多丰富，甚至连简单的用糯米面制作的饼子——糯米粑粑，都被她形容得神乎其神：要用什么样的米和糯米搭配，泡多久，怎么磨，怎么蒸，怎么放到石碓里面舂，最后要放到冬水里保存……说起来，她如数家珍。

妈妈关于故乡的表白，我们习以为常，其实我去过外婆家，小村子并没有像母亲描述的那样山清水秀，外公家的房子也非常低矮，家中饭食种类更是少得可怜。童年的我认为，淮北平原无论从地形上、气候上，还是物产上、食物上，都比大别山区好。我小学的乡土教材里，有这样一首诗：

有人说它是南方，
有人说它是北方，
南方和北方手拉手，

坐在淮河的岸上。

看看，南北适中，不冷不热，多好的地方啊。几乎我身边的所有人都告诉我，走千走万，不如淮河两岸。

不过，外婆的山村也以另一种形式，存在于我们淮北平原的家里。每年冬、夏两季，父亲都会拿着包裹单去邮电局，在高高的绿色柜台后面，有外婆定期寄来的包裹。夏天会是一种节梗很粗的茶叶，叫瓜片，味道奇苦，但非常耐泡。冬天寄的更多，咸肉、咸鱼、腊鸭、腊鹅，还有被我母亲称作传奇的糯米粑粑。外婆家的糯米粑粑不是我的最爱，一个个实心儿的、呆头呆脑的圆饼坨坨，比粮站供应的，用糯米做成条状的年糕，颗粒感要粗一些。但我大妹妹在外婆家长到了五岁，她比较爱吃，我妈则更是甘之若饴。

粑粑简单蒸一蒸，立刻会变得软糯，蘸上白砂糖，可以直接吃。我妈还喜欢把粑粑切成块，放在菜汤或肉汤里煮，口感也不错。即便是用火钳夹着它，在灶膛里轻轻地烤一烤，也有奇异的谷物的香气。每次看到孩子们吃粑粑时流露出对食物的渴望，我妈都会特别得意，并为她是一个“南方人”而深深自豪。

南方富庶，北方贫瘠，这是我妈的逻辑。其实，这种直觉判断大体符合事实。翻开中国农业发展历史，有文字记载的农作物栽培记录可以证实，大约在春秋时期，齐国出现了两年三熟制的小麦耕种技术，这导致了山东很长时间是中国最富裕的地区。物产和人口是农业社会最显性的标志，尽管秦、汉均建都长安，但关中平原的人口密度一直都不及齐鲁大地。而自汉代以后，中国的农业GDP高点，慢慢开始向南移动，将近一千多年的时间，一直没有离开过长江三角洲。上有天堂，下有苏杭，“江南”一直是中国的经济中心，人的生活也就更富足一些。

当然，这并没有影响一个十七岁的高中毕业生的选择。这一年的九月，我到了北京，在崭新的环境里开始了大学生活。然而不到一个月的时间，我开始感到哪里不对，刨除想家的因素之外，最主要的就是食欲不振。按说，广播学院食堂在北京高校里算做得不错的，我和同学们也偶尔凑份子“进城”去吃北京的馆子，但这些都没有办法平复我对家里食物的思念。

一个人，确切地说，只有当他离开自己熟悉的生活环境，离开自己的家庭，到了完全陌生的地方，才会理解所谓的故乡不仅仅意味着熟悉的人群，也不仅仅意味着熟悉的景物，熟悉的味觉习惯，显然也是故乡重要的组成部分。

我有一个科普作家朋友，叫土摩托，他对美食家笔下所谓的“故乡滋味”，或者“妈妈的味道”是这样解释的：除了人在童年时代养成的味觉习惯之外，每个人的消化系统菌群都像自己的指纹一样，有着独特的组织方式。长时间吃惯了一种或几种食物，肠道的菌群就会相对固定下来，只要遇到类似的食物，就能熟练地进行各种分解。而遇到了陌生的食物，它就会手足无措，甚至会闹情绪。在北京读大学的第一个学期，我的肠胃一直在闹情绪，直到我寒假回到家里，报复性吃喝了一整天，世界才逐渐安静下来。等再次踏上去往北京的列车，我的包里已经放满了各种故乡的食物：烧鸡，酥糖，腊鹅，还有我妈妈特地留出来的糯米粑粑。

说到这次糯米粑粑，还有一个小故事。大学同宿舍有一位维吾尔族同学，看到我挂在床头网兜里的粑粑，几次欲言又止。终于他说，这个东西，我听说是大油做的……其实，外婆家的粑粑是纯素的，除了米没有添加任何的东西，不过为了维护我们的友谊，我决定改变每天消灭一块粑粑的节奏。与别的同学分享吧？一来不舍得，二来别人也很难理解其中的美妙。那天晚上，我买了点儿大白菜，和着方便面调料，煮了一饭盆汤，把剩下的五块粑粑全部放了进去，而且全部吃完，撑得我直翻白眼。

至今想来，十七岁那年的离家，是我成长过程中非常重要的时间节点。它让我切实感受到了一个叫故乡的东西，不仅从心理层面，也从生理的层面。与此同时，我开始主动尝试和接纳更加丰富的食物，要知道读大学之前，我甚至不能吃辣椒的。假如没有十七岁的远行，我现在会不会也会像我妈一样，成为一个口味界线非常清晰和狭窄的人呢？会不会是一个“故乡口味沙文主义者”？我真的说不好。

后来我成了一名纪录片导演，职业需要我不停与人打交道，而食物恰好是人与人之间交流最便捷的媒介，用中国话说，没有什么不能用一顿饭解决。为此，我不得不带着好奇心，品味各种匪夷所思的吃食，渐渐地，我变成了一个“世界胃”，可以出国十几天不吃一顿中餐，心安理得地享用几乎所有的在地食物。

更难得的是，我开始从餐桌上发现，食物不再是一个简单的，慰藉肠胃的物质，它身上富集的信息既有鲜明的个性，又有非常强烈的生活气息。即便是同一种食物，在这个地球不同的地方出现，它既会有同一性，又会有差异性，有时异曲同工，有时候又南辕北辙。所以我总结说，吃百家饭，行千里路，等同于读万卷书。食物与所在地区气质的某种勾连，以及食物自身流变的秘密一直深深吸引着我。

就拿粑粑来说，这种稻米制品，通过不同的加工手段，居然能演变出那么多美食，粉、圆、粽、糕、糍、丸、糟、糜、堆……即便是和粑粑性质类似的年糕，也有不同的称呼。仅在广东一地，客家人称之为粄，潮汕人称之为粿，而粤西人则叫它籺，这一切，是多么有趣的现象。

游走在故乡和世界之间，寻找风味，寻找人和食物之间的关联，这一切，都开始于十七岁那年的远行。回顾这些年吃过的饭，走过的路，《风味人间》有句旁白很能代表我的感受：

> 人的口味就是这样，有时像岩石般顽固，有时又像流水一样豁达。

吃鲫鱼说

冯骥才

鸡不能吃自家养的，鱼必须吃自己钓的。

前者的缘故是，家禽通人性，吃时下嘴难；后者的缘故是，钓鱼又吃鱼是双倍的乐趣。

深秋晨时，在水塘边择一幽僻处，取香饵一珠，粘于银钩之尖，悄悄下竿于苇草间。水色深碧，鱼漂明亮，尖头露出水面，显得十分灵通。漂儿连着细如发丝一般的敏感的线，再接着埋伏在香饵中锐利的钩儿。少焉，鱼漂忽地一动，通报了水底的鱼讯。这时千千万万沉心屏息，握竿勿动，待这漂儿再动两下，跟着像出水的潜水艇顶上的天线，直挺挺升起来，一直升到根部。一个生活中那种小愉快将临的关键时刻到了，手腕一抖，竿成弯弓，水里一片惊慌奔突的景象。钓者最大的乐趣也就在这短暂时刻里。倘是高手，必然不急于把鱼儿提上来，而是用欲擒故纵之法，把鱼儿在水里拉近放远，直遛得没了力气，泄了气，认了头，翻过雪白的肚子，再拉上岸来。

当然这鱼既不是鲤鱼草鱼，也不是武昌白鲢。唯鲫鱼，秋日里最大最肥，而且吃饵的表现，是一种极优美的“托漂”。不像鲤鱼草鱼，吃食时横扫而过，把鱼饵吞下去一拉就走，鱼漂也被一同拉入水中，这称“黑漂”。黑，就是鱼漂在水面上一下看不见了。鲫鱼吃食要文静幽雅得多，它们习惯于垂头吸食，待把鱼饵吸入口中，一抬头，鱼漂便直挺挺浮升上来，就叫作“托漂”。天下渔人，一见托漂便知是鲫鱼；一见鲫鱼心中必大喜。唯鲫鱼之味才鲜美也。

若钓到半斤左右鲫鱼，勿烧勿焖，勿用酱油。鱼见本色，最具鱼味。

我家津沽，处处有水，无水无鱼。鲫鱼是最常见的鱼，多种烹调之法中，首推如下：

先把鱼除鳞去肠，收拾干净。愈是银光透亮模样，则愈诱人生出烹调的快感。然后将收拾好的鱼摆在案板上，反正都用刀背轻轻拍打几下。刚钓到的鱼，尽管已把鳃片取掉，眸子仍旧闪闪发亮，时而还会扭动一下身子，把瘪嘴张成一个圆洞。鱼鲜肉紧，拍打几下，松其肉，烹煮时味道才好出来。拍打过后，放在油锅煎炸，微黄即止，取出晾在一边。

另取一锅烧白水。待水滚沸，投鱼入水煮将起来。待汤水见白，放入葱花，姜末，精盐，茴香豆，以及加饭酒。此中要点有三：其一，必须等待汤水变白，再放作料。汤水变白，是鱼被煮透的征象；倘若鱼未煮透，作料的味道不能入鱼便被熬尽，失去作料的意义。其二，上述几种作料葱姜蒜盐和料酒必须同时放入。倘若有先有后，先入者则为主，味道则必不能丰富。其三，加饭酒必须是绍兴出产，防止假冒，一假全糟。这样，一煮便要十分钟，煮好即成。

煮好的鱼，分作一菜一汤。

先说菜：用一上好青花瓷盘，将鱼摆好，再把汤中的葱花嫩绿摆在银白鱼腹上作为装饰。不需再加任何作料与辅料，只备一小碟老醋在旁，属于蘸用的调料。小碟应与盛鱼的青花盘配套。醋要选用山西或天津独流的老醋为佳，不要加辣。一辣遮百味。

再说汤：锅中鱼汤，盛入小碗，再备瓷勺一只，也应与青花盘配套。若桌布也是青白颜色，则会为这绝好汤菜更添兴味。汤中应加调味品，便是胡椒。

菜以醋调味，汤以胡椒调味，以示区别。然胡椒与醋，都是刺激食欲的开胃品，不败鱼味，反提鱼鲜。

食之时，盛精米白饭一小碗。一边吃米，一边吃鱼。白米亮如珠，鱼肉软似玉，鲜美皆天然。由此可知，一切美味，皆是本味，犹如一切美色，皆是本色。故此鱼之美，胜于一切名师御厨锦绣包装也。

饭菜之后，便饮鱼汤。汤宜慢饮，每勺少半，徐徐入口。鱼之精华，尽在汤中。倘能从中品出山水之清纯乃至湖天颜色，不仅是美食家，亦我此汤之知音者也。

我生来心急怕刺，吃鱼不多，唯此样鱼，却是家常喜爱食物。一是鲜美滋味，天下无双；二是自钓自吃，自食其力，自食其果。我人生中最喜欢尝到这种成果。

君若有意，不妨照方一试。但别忘了，不能不钓而吃，而是先钓后吃。自钓自吃，才是此种美食之要义也。

故乡的食物

汪曾祺

炒米和焦屑

小时读《板桥家书》，“天寒岁暮，穷亲戚朋友到门，先泡一大碗炒米送手中，佐以酱姜一小碟，最是暖老温贫之具”，觉得很亲切。郑板桥是兴化人，我的家乡是高邮，风气相似。这样的感情，是外地人们不易领会的。炒米是各地都有的。但是很多地方都做成了炒米糖。这是很便宜的食品。孩子买了，咯咯地嚼着。四川有“炒米糖开水”，车站码头都有得卖，那是泡着吃的。但四川的炒米糖似也是专业的作坊做的，不像我们那里。我们那里也有炒米糖，像别处一样，切成长方形的一块一块。也有搓成圆球的，叫作“欢喜团”。那也是作坊里做的。但通常所说的炒米，是不加糖黏结的，是“散装”的；而且不是作坊里做出来，是自己家里炒的。

说是自己家里炒，其实是请了人来炒的。炒炒米也要点手艺，并不是人人都会的。入了冬，大概是过了冬至吧，有人背了一面大筛子，手执长柄的铁铲，大街小巷地走，这就是炒炒米的。有时带一个助手，多半是个半大孩子，是帮他烧火的。请到家里来，管一顿饭，给几个钱，炒一天。或二斗，或半石；像我们家人口多，一次得炒一石糯米。炒炒米都是把一年所需一次炒齐，没有零零碎碎炒的。过了这个季节，再找炒炒米的也找不着。一炒炒米，就让人觉得，快要过年了。

装炒米的坛子是固定的，这个坛子就叫“炒米坛子”，不作别的用途。舀炒米的东西也是固定的，一般人家大都是用一个香烟罐头。我的祖母用的是一个“柚子壳”。柚子——我们那里柚子不多见，从顶上开一个洞，把里面的瓤掏出来，再塞上米糠，风干，就成了一个硬壳的钵状的东西。她用这个柚子壳用了一辈子。

我父亲有一个很怪的朋友，叫张仲陶。他很有学问，曾教我读过《项羽本纪》。他薄有田产，不治生业，整天在家研究《易经》，算卦。他算卦用蓍草。全城只有他一个人用蓍草算卦。据说他有几卦算得极灵。有一家，丢了一只金戒指，怀疑是女用人偷了。这女用人蒙了冤枉，来求张先生算一卦。张先生算了，说戒指没有丢，在你们家炒米坛盖子上。一找，果然。我小时就不大相信，算卦怎么能算得这样准，怎么能算得出在炒米坛盖子上呢？不过他的这一卦说明了一件事，即我们那里炒米坛子是几乎家家都有的。

炒米这东西实在说不上有什么好吃。家常预备，不过取其方便。用开水一泡，马上就可以吃。在没有什么东西好吃的时候，泡一碗，可代早晚茶。来了平常的客人，泡一碗，也算是点心。郑板桥说“穷亲戚朋友到门，先泡一大碗炒米送手中”，也是说其省事，比下一碗挂面还要简单。炒米是吃不饱人的。一大碗，其实没有多少东西。我们那里吃泡炒米，一般是抓上一把白糖，如板桥所说，“佐以酱姜一小碟”，也有，少。我现在岁数大了，如有人请我吃泡炒米，我倒宁愿来一小碟酱生姜——最好滴几滴香油，那倒是还有点意思的。另外还有一种吃法，用猪油煎两个嫩荷包蛋——我们那里叫作“蛋瘪子”，抓一把炒米和在一起吃。这种食品是只有“惯宝宝”才能吃得到的。谁家要是老给孩子吃这种东西，街坊就会有议论的。

我们那里还有一种可以急就的食品，叫作“焦屑”。煳锅巴磨成碎末，就是焦屑。我们那里，餐餐吃米饭，顿顿有锅巴。把饭铲出来，锅巴用小火烘焦，起出来，卷成一卷，存着。锅巴是不会坏的，不发馊，不长霉。攒够一定的数量，就用一具小石磨磨碎，放起来。焦屑也像炒米一样，用开水冲冲，就能吃了。焦屑调匀后成糊状，有点像北方的炒面，但比炒面爽口。

我们那里的人家预备炒米和焦屑，除了方便，原来还有一层意思，是应急。在不能正常煮饭时，可以用来充饥。这很有点像古代行军用的“糒”。有一年，记不得是哪一年，总之是我还小，还在上小学，党军（国民革命军）和联军（孙传芳的军队）在我们县境内开了仗，很多人都躲进了红十字会。不知道出于一种什么信念，大家都以为红十字会是哪一方的军队都不能打进去的，进了红十字会就安全了。红十字会设在炼阳观，这是一个道士观。我们一家带了一点行李进了炼阳观。祖母指挥着，特别关照，把一坛炒米和一坛焦屑带了去。我对这种打破常规的生活极感兴趣。晚上，爬到吕祖楼上去，看双方军队枪炮的火光在东北面不知什么地方一阵一阵地亮着，觉得有点紧张，也觉得好玩。很多人家住在一起，不能煮饭，这一晚上，我们是冲炒米、泡焦屑度过的。没有床铺，我把几个道士诵经用的蒲团拼起来，在上面睡了一夜。这实在是我小时候度过的一个浪漫主义的夜晚。

第二天，没事了，大家就都回家了。炒米和焦屑和我家乡的贫穷和长期的动乱是有关系的。

端午的鸭蛋

家乡的端午，很多风俗和外地一样。系百索子。五色的丝线拧成小绳，系在手腕上。丝线是掉色的，洗脸时沾了水，手腕上就印得红一道绿一道的。做香角子。丝线缠成小粽子，里头装了香面，一个一个串起来，挂在帐钩上。贴五毒。红纸剪成五毒，贴在门槛上。贴符。这符是城隍庙送来的。城隍庙的老道士还是我的寄名干爹，他每年端午节前就派小道士送符来，还有两把小纸扇。符送来了，就贴在堂屋的门楣上。一尺来长的黄色、蓝色的纸条，上面用朱笔画些莫名其妙的道道，这就能辟邪吗？喝雄黄酒。用酒和的雄黄在孩子的额头上画一个王字，这是很多地方都有的。有一个风俗不知别处有不：放黄烟子。黄烟子是大小如北方的麻雷子的炮仗，只是里面灌的不是硝药，而是雄黄。点着后不响，只是冒出一股黄烟，能冒好一会儿。把点着的黄烟子丢在橱柜下面，说是可以熏五毒。小孩子点了黄烟子，常把它的一头抵在板壁上写虎字。写黄烟虎字笔画不能断，所以我们那里的孩子都会写草书的“一笔虎”。还有一个风俗，是端午节的午饭要吃“十二红”，就是十二道红颜色的菜。十二红里我只记得有炒红苋菜、油爆虾、咸鸭蛋，其余的都记不清，数不出了。也许十二红只是一个名目，不一定真凑足十二样。不过午饭的菜都是红的，这一点是我没有记错的，而且，苋菜、虾、鸭蛋，一定是有的。这三样，在我的家乡，都不贵，多数人家是吃得起的。

我的家乡是水乡，出鸭。高邮大麻鸭是著名的鸭种。鸭多，鸭蛋也多。高邮人也善于腌鸭蛋。高邮咸鸭蛋是出了名的。我在苏南、浙江，每逢有人问起我的籍贯，回答之后，对方就会肃然起敬："哦！你们那里出咸鸭蛋！"上海的卖腌腊的店铺里也卖咸鸭蛋，必用纸条特别标明："高邮咸蛋"。高邮还出双黄鸭蛋。别处鸭蛋也偶有双黄的，但不如高邮的多，可以成批输出。双黄鸭蛋味道其实无特别处。还不就是个鸭蛋！只是切开之后，里面圆圆的两个黄，使人惊奇不已。我对异乡人称道高邮鸭蛋，是不大高兴的，好像我们那穷地方就出鸭蛋似的！不过高邮的咸鸭蛋，确实是好，我走的地方不少，所食鸭蛋多矣，但和我家乡的完全不能相比！曾经沧海难为水，他乡咸鸭蛋，我实在瞧不上。袁枚的《随园食单·小菜单》有"腌蛋"一条。袁子才这个人我不喜欢，他的《食单》好些菜的做法是听来的，他自己并不会做菜。但是"腌蛋"这一条我看后却觉得很亲切，而且"餐有荣焉"。文不长，录如下：

> 腌蛋以高邮为佳，颜色红而油多，高文端公最喜食之。席间先夹取以敬客，放盘中，总宜切开带壳，黄白兼用；不可存黄去白，使味不全，油亦走散。

高邮咸蛋的特点是质细而油多。蛋白柔嫩，不似别处的发干、发粉，入口如嚼石灰。油多尤为别处所不及。鸭蛋的吃法，如袁子才所说，带壳切开，是一种，那是席间待客的办法。平常食用，一般都是敲破"空头"用筷子挖着吃。筷子头一扎下去，吱——红油就冒出来了。高邮咸蛋的黄是通红的。苏北有一道名菜，叫作“朱砂豆腐”，就是用高邮鸭蛋黄炒的豆腐。我在北京吃的咸鸭蛋，蛋黄是浅黄色的，这叫什么咸鸭蛋呢！

端午节，我们那里的孩子兴挂“鸭蛋络子”。头一天，就由姑姑或姐姐用彩色丝线打好了络子。端午一早，鸭蛋煮熟了，由孩子自己去挑一个，鸭蛋有什么可挑的呢？有！一要挑淡青壳的。鸭蛋壳有白的和淡青的两种。二要挑形状好看的。别说鸭蛋都是一样的，细看却不同。有的样子蠢，有的秀气。挑好了，装在络子里，挂在大襟的纽扣上。这有什么好看呢？然而它是孩子心爱的饰物。鸭蛋络子挂了多半天，什么时候孩子一高兴，就把络子里的鸭蛋掏出来，吃了。端午的鸭蛋，新腌不久，只有一点淡淡的咸味，白嘴儿吃也可以。

孩子吃鸭蛋是很小心的，除了敲去空头，不把蛋壳碰破。蛋黄蛋白吃光了，用清水把鸭蛋里面洗净，晚上捉了萤火虫来，装在蛋壳里，空头的地方糊一层薄罗。萤火虫在鸭蛋壳里一闪一闪地亮，好看极了！

小时读囊萤映雪故事，觉得东晋的车胤用练囊盛了几十只萤火虫，照了读书，还不如用鸭蛋壳来装萤火虫。不过用萤火虫照亮来读书，而且一夜读到天亮，这能行吗？车胤读的是手写的卷子，字大，若是读现在的新五号字，大概是不行的。

咸菜茨菰汤

一到下雪天，我们家就喝咸菜汤，不知是什么道理。是因为雪天买不到青菜？那也不见得。除非大雪三日，卖菜的出不了门，否则他们总还会上市卖菜的。这大概只是一种习惯。一早起来，看见飘雪花了，我就知道：今天中午是咸菜汤！

咸菜是青菜腌的。我们那里过去不种白菜，偶有卖的，叫作“黄芽菜”，是外地运去的，很名贵。一般黄芽菜炒肉丝，是上等菜。平常吃的，都是青菜，青菜似油菜，但高大得多。入秋，腌菜，这时青菜正肥。把青菜成担地买来，洗净，晾去水汽，下缸。一层菜，一层盐，码实，即成。随吃随取，可以一直吃到第二年春天。

腌了四五天的新咸菜很好吃，不咸，细、嫩、脆、甜，难可比拟。

咸菜汤是咸菜切碎了煮成的。到了下雪的天气，咸菜已经腌得很咸了，而且已经发酸，咸菜汤的颜色是暗绿的。没有吃惯的人，是不容易引起食欲的。

咸菜汤里有时加了茨菰片，那就是咸菜茨菰汤。或者叫茨菰咸菜汤，都可以。

我小时候对茨菰实在没有好感。这东西有一种苦味。民国二十年，我们家乡闹大水，各种作物减产，只有茨菰却丰收。那一年我吃了很多茨菰，而且是不去茨菰的嘴子的，真难吃。

我十几岁离乡，辗转漂流，三四十年没有吃到茨菰，并不想。

前好几年，春节后数日，我到沈从文老师家去拜年，他留我吃饭，师母张兆和炒了一盘茨菰肉片。沈先生吃了两片茨菰，说："这个好！格比土豆高。"我承认他这话。吃菜讲究"格"的高低，这种语言正是沈老师的语言。他是对什么事物都讲"格"的，包括对于茨菰、土豆。

因为久违，我对茨菰有了感情。前几年，北京的菜市场在春节前后有卖茨菰的。我见到，必要买一点回来加肉炒了。家里人都不怎么爱吃。所有的茨菰，都由我一个人"包圆儿"了。

北方人不识茨菰。我买茨菰，总要有人问我："这是什么？""茨菰。""茨菰是什么？"这可不好回答。

北京的茨菰卖得很贵，价钱和"洞子货"（温室所产）的西红柿、野鸡脖韭菜差不多。

我很想喝一碗咸菜茨菰汤。

我想念家乡的雪。

虎头鲨、昂嗤鱼、砗螯、螺蛳、蚬子

苏州人特重塘鳢鱼。上海人也是，一提起塘鳢鱼，眉飞色舞。塘鳢鱼是什么鱼？我向往之久矣。到苏州，曾想尝尝塘鳢鱼，未能如愿。后来我知道：塘鳢鱼就是虎头鲨，嘻！

塘鳢鱼亦称土步鱼。《随园食单》："杭州以土步鱼为上品，而金陵人贱之，目为虎头蛇，可发一笑。"虎头蛇即虎头鲨。这种鱼样子不好看，而且有点凶恶。浑身紫褐色，有细碎黑斑，头大而多骨，鳍如蝶翅。这种鱼在我们那里也是贱鱼，是不能上席的。苏州人做塘鳢鱼有清炒、椒盐多法。我们家乡通常的吃法是汆汤，加醋、胡椒。虎头鲨汆汤，鱼肉极细嫩，松而不散，汤味极鲜，开胃。

昂嗤鱼的样子也很怪，头扁嘴阔，有点像鲇鱼，无鳞，皮色黄，有浅黑色的不规整的大斑。无背鳍，而背上有一根很硬的尖锐的骨刺。用手捏起这根骨刺，它就发出"昂嗤昂嗤"小小的声音。这声音是怎么发出来的，我一直没弄明白。这种鱼是由这种声音得名的。它的学名是什么，只有去问鱼类学专家了。这种鱼没有很大的，七八寸长的，就算难得的了。这种鱼也很贱，连乡下人也看不起。我的一个亲戚在农村插队，见到昂嗤鱼，买了一些，农民都笑他："买这种鱼干什么！"昂嗤鱼其实是很好吃的。昂嗤鱼通常也是汆汤。虎头鲨是醋汤，昂嗤鱼不加醋，汤白如牛乳，是谓"奶汤"。昂嗤鱼也极细嫩，鳃边的两块蒜瓣肉有拇指大，堪称至味。有一年，北京一家鱼店不知从哪里运来一些昂嗤鱼，无人问津。顾客都不识这是啥鱼。有一位卖鱼的老师傅倒知道："这是昂嗤。"我看到，高兴极了，买了十来条。回家一做，满不是那么一回事！昂嗤要吃活的（虎头鲨也是活杀）。长途转运，又在冷库里冰了一些日子，肉质变硬，鲜味全失，一点意思都没有！

砗螯我的家乡叫馋螯，砗螯是扬州人的叫法。我在大连见到花蛤，我以为就是砗螯，不是。形状很相似，入口全不同。花蛤肉粗而硬，咬不动。砗螯极柔软细嫩。砗螯好像是淡水里产的，但味道却似海鲜。有点像蛎黄，但比蛎黄味道清爽。比青蛤、蚶子味厚。砗螯可清炒，烧豆腐，或与咸肉同煮。砗螯烧乌青菜（江南人叫塌苦菜），风味绝佳。乌青菜如是经霜而现拔的，尤美。我不食砗螯四十五年矣。

砗螯壳稍呈三角形，质坚，白如细瓷，而有各种颜色的弧形花斑，有浅紫的，有暗红的，有赭石、墨蓝的，很好看。家里买了砗螯，挖出砗螯肉，我们就从一堆砗螯壳里去挑选，挑到好的，洗净了留起来玩。砗螯壳的铰合部有两个突出的尖嘴子，把尖嘴子在糙石上磨磨，不一会儿就磨出两个小圆洞，含在嘴里吹，呜呜地响，且有细细颤音，如风吹窗纸。

螺蛳处处有之。我们家乡清明吃螺蛳，谓可以明目。用五香煮熟螺蛳，分给孩子，一人半碗，由他们自己用竹签挑着吃，孩子吃了螺蛳，用小竹弓把螺蛳壳射到屋顶上，咔啦咔啦地响。夏天"检漏"，瓦匠总要扫下好些螺蛳壳。这种小弓不作别的用处，就叫作螺蛳弓，我在小说《戴车匠》里对螺蛳弓有较详细的描写。

蚬子是我所见过的贝类里最小的了，只有一粒瓜子大。蚬子是剥了壳卖的。剥蚬子的人家附近堆了好多蚬子壳，像一个坟头。蚬子炒韭菜，很下饭。这种东西非常便宜，为小户人家的恩物。

有一年修运河堤。按工程规定，有一段堤面应铺碎石，包工的贪污了款子，在堤面铺了一层蚬子壳。前来检收的委员，坐在汽车里，向外一看，白花花的一片，还抽着雪茄烟，连说："很好！很好！"

我的家乡富水产。鱼之中名贵的是鳊鱼、白鱼（尤重翘嘴白）、鲟花鱼（即鳜鱼），谓之"鳊、白、鲟"。虾有青虾、白虾。蟹极肥。以无特点，故不及。

野鸭、鹌鹑、斑鸠、䴘

过去我们那里野鸭子很多。水乡，野鸭子自然多。秋冬之际，天上有时"过"野鸭子，黑乎乎的一大片，在地上可以听到它们鼓翅的声音，呼呼的，好像刮大风。野鸭子是枪打的（野鸭肉里常常有很细的铁砂子，吃时要小心），但打野鸭子的人自己不进城来卖。卖野鸭子有专门的摊子。有时卖鱼的也卖野鸭子，把一个养活鱼的木盆翻过来，野鸭一对一对地摆在盆底，卖野鸭子是不用秤约的，都是一对一对地卖。野鸭子是有一定分量的。依分量大小，有一定的名称，如“对鸭”“八鸭”。哪一种有多大分量，我现在已经记不清了。卖野鸭子都是带毛的。卖野鸭子的可以代客当场去毛，拔野鸭毛是不能用开水烫的。野鸭子皮薄，一烫，皮就破了。干拔。卖野鸭子的把一只鸭子放入一个麻袋里，一手提鸭，一手拔毛，一会儿就拔净了——放在麻袋里拔，是防止鸭毛飞散。代客拔毛，不另收费，卖野鸭子的只要那一点鸭毛——野鸭毛是值钱的。

野鸭的吃法通常是切块红烧。清炖大概也可以吧，我没有吃过。野鸭子肉的特点是细、“酥”，不像家鸭每每肉老。野鸭烧咸菜是我们那里的家常菜。里面的咸菜尤其是佐粥的妙品。

现在我们那里的野鸭子很少了。前几年我回乡一次，偶有，卖得很贵。原因据说是因为县里对各乡水利作了全面综合治理，过去的水荡子、荒滩少了，野鸭子无处栖息。而且，野鸭子过去是吃收割后遗撒在田里的谷粒的，现在收割得很干净，颗粒归仓，野鸭子没有什么可吃的，不来了。

鹌鹑是网捕的。我们那里吃鹌鹑的人家少，因为这东西只有由乡下的亲戚送来，市面上没有卖的。鹌鹑大都是用五香卤了吃。也有用油炸了的。鹌鹑能斗，但我们那里无斗鹌鹑的风气。

我看见过猎人打斑鸠。我在读初中的时候，午饭后，我到学校后面的野地里去玩。野地里有小河，有野蔷薇，有金黄色的茼蒿花，有苍耳（苍耳子有小钩刺，能挂在衣裤上，我们管它叫“万把钩”），有才抽穗的芦荻。在一片树林里，我发现一个猎人。我们那里猎人很少，我从来没有见过猎人，但是我一看见他，就知道：他是一个猎人。这个猎人给我一个非常猛厉的印象。他穿了一身黑，下面却缠了鲜红的绑腿。他很瘦。他的眼睛黑，而且冷。他握着枪。他在干什么？树林上面飞过一只斑鸠。他在追逐这只斑鸠。斑鸠分明已经发现猎人了。它想逃脱。斑鸠飞到北面，在树上落一落，猎人一步一步往北走。斑鸠连忙往南面飞，猎人扬头看了一眼，斑鸠落定了，猎人又一步一步往南走，非常冷静。这是一场无声的，然而非常紧张的、持续的较量。斑鸠来回飞，猎人来回走。我很奇怪，为什么斑鸠不往树林外面飞。这样几个来回，斑鸠慌了神了，它飞得不稳了，歪歪倒倒的，失去了原来均匀的节奏。忽然，砰——枪声一响，斑鸠应声而落。猎人走过去，拾起斑鸠，看了看，装在猎袋里。他的眼睛很黑，很冷。

我在小说《异秉》里提到王二的熏烧摊子上，春天，卖一种叫作“䳉”的野味。䳉这种东西我在别处没看见过。“䳉”这个字很多人也不认得。多数字典里不收。《辞海》里倒有这个字，标音为duò（又读zhuā）。zhuā与我乡读音较近，但我们那里是读入声的，这只有用国际音标才标得出来。即使用国际音标标出，在不知道“短促急收藏”的北方人也是读不出来的。《辞海》“䴕”字条下注云“见䴕鸠”，似以为“䴕”即“䴕鸠”。而在“䴕鸠”条下注云：“鸟名。雉属。即‘沙鸡’。”这就不对了。沙鸡我是见过的，吃过的。内蒙古、张家口多出沙鸡。《尔雅·释鸟》郭璞注，“出北方沙漠地”，不错。北京冬季偶尔也有卖的。沙鸡嘴短而红，腿也短。我们那里的䴕却是水鸟，嘴长，腿也长。䴕的滋味和沙鸡有天渊之别。沙鸡肉较粗，略有酸味；䴕肉极细，非常香。我一辈子没有吃过比䴕更香的野味。

蒌蒿、枸杞、荠菜、马齿苋

小说《大淖记事》：“春初水暖，沙洲上冒出很多紫红色的芦芽和灰绿色的蒌蒿，很快就是一片翠绿了。”我在书页下方加了一条注：“蒌蒿是生于水边的野草，粗如笔管，有节，生狭长的小叶，初生二寸来高，叫作‘蒌蒿薹子’，加肉炒食极清香……”蒌蒿的“蒌”字，我小时不知怎么写，后来偶然看了一本什么书，才知道的。这个字音“吕”。我小学有一个同班同学，姓吕，我们就给他起了个外号，叫“蒌蒿薹子”（蒌蒿薹子家开了一爿糖坊，小学毕业后未升学，我们看见他坐在糖坊里当小老板，觉得很滑稽）。但我查了几本字典，“蒌”都音“楼”，我有点恍惚了。“楼”“吕”一声之转。许多从“娄”的字都读“吕”，如“屡”“缕”“褛”……这本来无所谓，读“楼”读“吕”，关系不大。但字典上都说蒌蒿是蒿之一种，即白蒿，我却有点不以为然了。我小说里写的蒌蒿和蒿其实不相干。读苏东坡《惠崇春江晚景》诗：“竹外桃花三两枝，春江水暖鸭先知。蒌蒿满地芦芽短，正是河豚欲上时。”此蒌蒿生于水边，与芦芽为伴，分明是我的家乡人所吃的蒌蒿，非白蒿。或者“即白蒿”的蒌蒿别是一种，未可知矣。深望懂诗、懂植物学，也懂吃的博雅君子有以教我。

我的小说注文中所说的“极清香”，很不具体。嗅觉和味觉是很难比方，无法具体的。昔人以为荔枝味似软枣，实在是风马牛不相及。我所谓“清香”，即食时如坐在河边闻到新涨的春水的气味。

这是实话，并非故作玄言。

枸杞到处都有。开花后结长圆形的小浆果，即枸杞子。我们叫它“狗奶子”，形状颇像。本地产的枸杞子没有入药的，大概不如宁夏产的好。枸杞是多年生植物。春天，冒出嫩叶，即枸杞头。枸杞头是容易采到的。偶尔也有近城的乡村的女孩子采了，放在竹篮里叫卖：“枸杞头来！……”枸杞头可下油盐炒食；或用开水焯了，切碎，加香油、酱油、醋，凉拌了吃。那滋味，也只能说“极清香”。春天吃枸杞头，云可以清火，如北方人吃苣荬菜一样。

“三月三，荠菜花赛牡丹。”俗谓是日以荠菜花置灶上，则蚂蚁不上锅台。

北京也偶有荠菜卖。菜市上卖的是园子里种的，茎白叶大，颜色较野生者浅淡，无香气。农贸市场间有南方的老太太挑了野生的来卖，则又过于细瘦，如一团乱发，制熟后强硬扎嘴。总不如南方野生的有味。

江南人惯用荠菜包春卷，包馄饨，甚佳。我们家乡有用来包春卷的，用来包馄饨的没有——我们家乡没有“菜肉馄饨”。一般是凉拌。荠菜焯熟剁碎，界首茶干切细丁，入虾米，同拌。这道菜是可以上酒席作凉菜的。酒席上的凉拌荠菜都用手团成一座尖塔，临吃推倒。

马齿苋现在很少有人吃。古代这是相当重要的菜蔬。苋分人苋、马苋。人苋即今苋菜，马苋即马齿苋。我的祖母每于夏天摘肥嫩的马齿苋晾干，过年时作馅包包子。她是吃长斋的，这种包子只有她一个人吃。我有时从她的盘子里拿一个，蘸了香油吃，挺香。马齿苋有点淡淡的酸味。

马齿苋开花，花瓣如一小囊。我们有时捉了一个哑巴知了——知了是应该会叫的，捉住一个哑巴，多么扫兴！于是就摘了两个马齿苋的花瓣套住它的眼睛——马齿苋花瓣套知了眼睛正合适，一撒手，这知了就拼命往高处飞，一直飞到看不见！

三年自然灾害，我在张家口沙岭子吃过不少马齿苋。那时候，这是宝物！

风檐尝烤肉

张恨水

有人吃过北平的松柴烤肉吗？现在街头上橙黄橘绿，菊花摊子四处摆着，尝过这异味的人，就会对北平悠然神往。

据传说，松柴烤牛肉，那才是真正的北方大陆风味，吃这种东西，不但是尝那个味，还要领略那个意境。你是个士大夫阶级，当然你无法去领略。就是我在北平作客的二十年，也是最后几年，变了方法去尝的，真正吃烤肉的功架，我也是“仆病未能”。那么，是怎么个情景呢？说出来你会好笑的。

任何一条马路上，有极宽的人行路，这路总在一丈开外，在不妨碍行人的屋檐下，有些地方，是可以摆着浮摊的。这卖烤牛肉的炉灶，就是放置在这种地方。无论这炉灶属于大馆子小馆子或者饭摊儿，布置全是一样。一个高可三尺的圆炉灶，上面罩着一个铁棍罩子，北方人叫着甑（读如赠），将二三尺长的松树柴，塞到甑底下去烧。卖肉的人，将牛羊肉切成像牛皮纸那么薄，巴掌大一块（这就是艺术），用碟儿盛着，放在柜台或摊板上，当太阳黄黄儿的，斜临在街头，西北风在人头上瑟瑟吹过。松火柴在炉灶上吐着红焰，带了缭绕的青烟，横过马路。在下风头远远地嗅到一种烤肉香，于是有这嗜好的人，就情不自禁地会走了过去，叫一声："掌柜的，来两碟！"这里炉子四周，围了四条矮板凳，可不是坐着的，你要坐着，是上洋车坐车踏板，算来上等车了。你走过去，可以将长袍儿大襟一撩，把右脚踏在凳子上。店伙自会把肉送来，放在炉子木架上。另外是一碟葱白，一碗料酒酱油的掺和物。木架上有竹竿做的长棍子，长约一尺五六。你夹起碟子里的肉，向酱油料酒里面一和弄，立刻送到铁甑的火焰上去烤烙。但别忘了放葱白，去掺和着，于是肉气味、葱气味、酱油酒气味、松烟气味，融合一处，铁烙罩上吱吱作响，筷子越翻弄越香。

你要是吃烧饼，店伙会给你送一碟火烧来。你要是喝酒，店伙给你送一只杯子，一个三寸高的小锡瓶儿来。那时你左脚站在地上，右脚踏在凳上，右手拿了长筷子在甑上烤肉，左手两指夹了锡瓶嘴儿，向木架子上杯子里斟白干，一筷子熟肉送到口，接着举杯抿上一口酒，那神气就大了。"虽南面王无以易也！"

趣味还不止此，一个甑，同时可以围了六七个人吃。大家全是过路人，谁也不认识谁。可是各人在甑上占一块小地盘烤肉，有个默契的君子协定，互不侵犯。各烤各的，各吃各的。偶然交上一句话：“味儿不坏！”于是做个会心的微笑。吃饱了，人喝足了，在店堂里去喝碗小米稀饭，就着盐水疙瘩，或者要个天津萝卜啃，浓腻了之后再来个清淡，其味无穷。另有个笑话，不巧，烤肉时，站在下风头，炉子里松烟，可向脸上直扑，你得时时闪开，去揉擦眼泪水儿。可是一面揉眼睛，一面夹长筷子烤肉，也有的是，那就是趣味吗！

这样说来，士大夫阶级，当然尝不到这滋味。不，顺直门里烤肉宛家的灰棚里，东安市场东来顺三层楼上，前门外正阳楼院子里，也可以烤肉吃。尤其是烤肉宛家，每到夕阳西下，喝小米稀饭的雅座里，可以搬出二三十件狐皮大衣，自然，那灰棚门口，停着许多漂亮汽车。唉！于今想来，是一场梦。

冬天

朱自清

说起冬天，忽然想到豆腐。是一“小洋锅”（铝锅）白煮豆腐，热腾腾的。水滚着，像好些鱼眼睛，一小块一小块豆腐养在里面，嫩而滑，仿佛反穿的白狐大衣。锅在“洋炉子”（煤油不打气炉）上，和炉子都熏得乌黑乌黑，越显出豆腐的白。这是晚上，屋子老了，虽点着“洋灯”，也还是阴暗。围着桌子坐的是父亲跟我们哥儿三个。“洋炉子”太高了，父亲得常常站起来，微微地仰着脸，觑着眼睛，从氤氲的热气里伸进筷子，夹起豆腐，一一地放在我们的酱油碟里。我们有时也自己动手，但炉子实在太高了，总还是坐享其成的多。这并不是吃饭，只是玩儿。父亲说晚上冷，吃了大家暖和些。我们都喜欢这种白水豆腐；一上桌就眼巴巴望着那锅，等着那热气，等着热气里从父亲筷子上掉下来的豆腐。

又是冬天，记得是阴历十一月十六晚上，跟S君[①]、P君在西湖里坐小划子。S君刚到杭州教书，事先来信说："我们要游西湖，不管它是冬天。"那晚月色真好，现在想起来还像照在身上。本来前一晚是"月当头"；也许十一月的月亮真有些特别吧。那时九点多了，湖上似乎只有我们一只划子。有点风，月光照着软软的水波；当间那一溜儿反光，像新砑的银子。湖上的山只剩了淡淡的影子。山下偶尔有一两星灯火。S君口占两句诗道："数星灯火认渔村，淡墨轻描远黛痕。"我们都不大说话，只有均匀的桨声。我渐渐地快睡着了。P君"喂"了一下，才抬起眼皮，看见他在微笑。船夫问要不要上净寺去；是阿弥陀佛生日，那边蛮热闹的。到了寺里，殿上灯烛辉煌，满是佛婆念佛的声音，好像醒了一场梦。这已是十多年前的事了，S君还常常通着信，P君听说转变了好几次，前年是在一个特税局里收特税了，以后便没有消息。

在台州过了一个冬天，一家四口子。台州是个山城，可以说在一个大谷里。只有一条二里长的大街。别的路上白天简直不大见人；晚上一片漆黑。偶尔人家窗户里透出一点灯光，还有走路的拿着的火把；但那是少极了。我们住在山脚下。有的是山上松林里的风声，跟天上一只两只的鸟影。夏末到那里，春初便走，

---

① S君：指作家、教育家叶圣陶。

却好像老在过着冬天似的；可是即便真冬天也并不冷。我们住在楼上，书房临着大路；路上有人说话，可以清清楚楚地听见。但因为走路的人太少了，间或有点说话的声音，听起来还只当远风送来的，想不到就在窗外。我们是外路人，除上学校去之外，常只在家里坐着。妻也惯了那寂寞，只和我们爷儿们守着。外边虽老是冬天，家里却老是春天。有一回我上街去，回来的时候，楼下厨房的大方窗开着，并排地挨着她们母子三个；三张脸都带着天真微笑地向着我。似乎台州空空的，只有我们四人；天地空空的，也只有我们四人。那时是民国十年，妻刚从家里出来，满自在。现在她死了快四年了，我却还老记着她那微笑的影子。

无论怎么冷，大风大雪，想到这些，我心上总是温暖的。

故乡的杨梅

王鲁彦

过完了长期的蛰伏生活，眼看着新黄嫩绿的春天爬上了枯枝，正欣喜着想跑到大自然的怀中，发泄胸中的郁抑，却忽然病了。

唉，忽然病了。

我这粗壮的躯壳，不知道经过了多少炎夏和严冬，被轮船和火车抛掷过多少次海角与天涯，尝受过多少辛劳与艰苦，从来不知道战栗或疲倦的呵，现在却呆木地躺在床上，不能随意地转侧了。

尤其是这躯壳内的这一颗心。它历年可是铁一样的。对着眼前的艰苦，它不会畏缩；对着未来的憧憬，它不肯绝望；对着过去的痛苦，它不愿回忆的呵，然而现在，它却尽管凄凉地往复地想了。

唉，唉，可悲呵，这病着的躯壳的病着的心。

尤其是对着这细雨连绵的春天。

这雨，落在西北，可不全像江南的故乡的雨吗？细细的，丝一样，若断若续的。

故乡的雨，故乡的天，故乡的山河和田野……，还有那蔚蓝中衬着整齐的金黄的菜花的春天，藤黄的稻穗带着可爱的气息的夏天，蟋蟀和纺织娘们在濡湿的草中唱着诗的秋天，小船吱吱地触着沉默的薄冰的冬天……还有那熟识的道路，还有那亲密的故居……不，不，我不想这些，我现在不能回去，而且是病着，我得让我的心平静：恢复我过去的铁一般的坚硬，告诉自己：这雨是落在西北，不是故乡的雨——而且不像春天的雨，却像夏天的雨。

不要那样想吧，我的可怜的心呵，我的头正像夏天的烈日下的汽油缸，将要炸裂了，我的嘴唇正干燥得将要迸出火花来了呢。让这夏天的雨来压下我头部的炎热，让……让……唉，唉，就说是故乡的杨梅吧……它正是在类似这样的雨天成熟的呵。

故乡的食物，我没有比这更喜欢的了。倘若我爱故乡，不如就说我完全是爱的这叫作杨梅的果子吧。

呵，相思的杨梅！它有着多么惊异的形状，多么可爱的颜色，多么甜美的滋味呀。

它是圆的，和大的龙眼一样大小，远看并不稀奇，拿到手里，原来它是遍身生着刺的哩。这并非是它的壳，这就是它的肉。不知道的人，一定以为这满身生着刺的果子是不能进口的了，否则也须用什么刀子削去那刺的尖端的吧？然而这是过虑。

它原来是希望人家爱它吃它的。只要等它渐渐长熟，它的刺也渐渐软了，平了。

那时放到嘴里，软滑之外还带着什么感觉呢？

没有人能想得到，它还保存着它的特点，每一根刺平滑地在舌尖上触了过去，细腻柔软而且亲切——这好比最甜蜜的吻，使人迷醉呵。

颜色更可爱呢。它最先是淡红的，像娇嫩的婴儿的面颊，随后变成了深红，像是处女的害羞，最后黑红了——不，我们说它是黑的。然而它并不是黑，也不是黑红，原来是红的。太红了，所以像是黑。轻轻地啄开它，我们就看见了那新鲜红嫩的内部，同时我们已染上了一嘴的红水。说它新鲜红嫩，有的人也许以为一定像贵妃的肉色似的荔枝吧？嗳，那就错了。荔枝的光色是呆板的，像玻璃，像鱼目；杨梅的光色却是生动的，像映着朝霞的露水呢。

滋味吗？没有十分成熟是酸带甜，成熟了便单是甜。这甜味可决不使人讨厌，不但爱吃甜味的人尝了一下舍不得丢掉，就连不爱吃甜味的人也会完全给它吸引住，越吃越爱吃。它是甜的，然而又依然是酸的，而这酸味，我们须待吃饱了杨梅以后，再吃别的东西的时候，才能领会得到。那时我们才知道自己的牙齿酸了，软了，连豆腐也咬不下了，于是我们才恍然悟到刚才吃多了酸的杨梅。我们知道这个，然而我们仍然爱它，我们仍须吃一个大饱。它真是世上最迷人的东西。

唉，唉，故乡的杨梅呵。

细雨如丝的时节，人家把它一船一船地载来，一担一担地挑来，我们一篮一篮地买了进来，挂一篮在檐口下，放一篮在水缸盖上，倒上一脸盆，用冷水一洗，一颗一颗地放进嘴里，一面还没有吃了，一面又早已从脸盆里拿起了一颗，一口气吃了一二十颗，有时来不及把它的核一一吐出来，便一直吞进了肚里。

“生了虫呢……蛇吃过了呢……”母亲看见我们吃得快，吃得多，便这样地说了起来，要我们仔细地看一看，多多地洗一番。

但我们并不管这些，它成了我们的生命，我们越吃越快了。

“好吃，好吃。”我们心里这样想着，嘴里却没有余暇说话。待肚子胀上加胀，胀上加胀，眼看着一脸盆的杨梅吃得一颗也不留，这才呆笨地挺着肚子，走了开去，叹气似的嘘出一声“咳”来……唉，可爱的故乡的杨梅呵。

一年，二年……我已有十六七年不曾尝到它的滋味了。偶尔回到故乡，不是在严寒的冬天，便是在酷热的夏天，或者杨梅还未成熟，或者杨梅已经落完了。这中间，曾经有两次，在异地见到过杨梅，比故乡的小，比故乡的酸，颜色又不及故乡的红。我想回味过去，把它买了许多来。

“长在树上，有虫爬过，有蛇吃过呢……”

我现在成了大人，有了知识，爱惜自己的生命甚于杨梅了。

我用沸滚的开水去细细地洗杨梅，觉得还不够消除那上面的微菌似的。

于是它不但更不像故乡的，简直不是杨梅了。我只尝了一二颗，便不再吃下去。

最后一次我终于在离故乡不远的地方见到了可爱的故乡的杨梅。

然而又因为我成了大人，有了知识，爱惜自己的生命甚于杨梅，偶然发现一条小虫，也就拒绝了回味的欢愉。

现在我的味觉也显然改变了，即使回到故乡，遇到细雨如丝的杨梅时节，即使并不害怕从前的那种吃法，我的舌头应该感觉不出从前的那种美味了，我的牙齿应该不能像从前似的能够容忍那酸性了。

唉，故乡离开我愈远了。

我们中间横着许多鸿沟。那不是千万里的山河的阻隔，那是……唉，唉，我到底病了。我为什么要想到这些呢？

看呵，这眼前的如丝的细雨，不是若断若续地落在西北的春天里吗？

物色

张亦庵

一个人吃东西，辨味道，不只于用口用舌；鼻子和眼睛也分任其职，所以品评食物的味道时，往往把色、香、味三事并举。辨色当然用眼，辨香则用鼻子，辨味才用到舌头。

颜色鲜美的东西，一见之下，便会使人胃口大开。例如许多广东店店面悬挂着的那些鲜红油润的烧肉、烧鸭、叉烧之类；第一流西点厨，窗里陈列的花色蛋糕，虽然隔了一层玻璃，气味不可得而相亲，但是已经足够叫人涎垂三尺了。

果实之类，更是靠它们的天然艳色来引诱人的食欲。樱桃、柿子的鲜红，枇杷的金黄，石榴的晶莹，不但人们看见了生爱，就是鸟儿见了也忍不住要啄食；因此而把它们的种子传播到远方。这虽然是植物的推销广告术，而颜色之足以引起食欲，于此可见一斑。

至于皮蛋之类，色陋难看，虽然好吃，但是往往令异乡人望而却步，甚至毁为Rotten Eggs。那透明的蛋清里孕着的朵朵松花之美，只有爱好皮蛋之味的人才会去赏识。像这种其貌不扬的食品，请外宾初次尝试时，最好请他们掩住眼睛去吃。

根据颜色与食欲关系的原则，烹调的能手，往往很注意颜色。讲求之道，约可分为三点：

第一是原来色泽的保持：釜爨之材，不论荤素，均有其本来的色泽。例如虾仁的粉红调子，竹笋的仿佛象牙，青菜的碧绿生青，鸡肉的白圭无玷，又如带鳞鲤鱼的鳞光闪闪，韭芽的嫩白鹅黄，都是它们本来的美色。烹煮时，宜保留的都应该保留。粤菜之不轻易妄用酱油者，就是这个道理。西菜烹调，对于此点，亦很讲究。徽帮、宁帮等则往往滥施酱油，甚或重加菱粉，不仅菜肴的原色给掩盖了，而且看来一塌糊涂，此其所以在色的方面不能取胜也。

第二是色的配合：一筵之色彩，自有文章，配合适宜，实为要事。一碗馄饨，何以要放几片生菜？一盘烧肉，何以要放一撮芫荽？炒虾仁而配以青豆、火腿、竹笋之粒，蒸鸡而点缀两枚红枣。此中虽然尚有关于香和味以至于营养消化等作用，而与颜色之配合以求悦目者，亦大有关系焉。

第三是人工辅助的色泽：如荷包蛋之煎得微黄，烤鸭之涂上藤木水，叉烧之熏以朱油等是。

煮豆不能用铁器煮，藕亦不能用铁器煮，而且切藕最好用钢刀，否则其色容易变黑。颜色变黑了，对于卫生，对于味道都没有影响，看起来就不好看了。

吃喝忆旧

金受申

本题既为忆旧，当然以过去人事为主，一可供诸公追寻早年陈迹，为想象当年盛事的一种资料；二可借以保存已失的故都风俗时尚。《都门纪略》一书，记载只有名称地点，实不详尽，但却能确切，所以甚至有人执书令仆购物，如按图索骥者然。《都门纪略》成缙绅学士、妇孺小子尽人皆知的一部书了，可谓不朽之作。我作“北京通”，虽然不敢希望不朽，但处于世势剧变的今日，一切风俗、物产，都有极大的改革，旧的如不留于文字，必将随时代湮没。

蒸羊肉

关于蒸羊肉，《都门纪略》只有“蒸羊肉，肉案在德胜门外马店（注：马店就是今天的马甸）路东”十四个字，这是一点不错，不过不详尽而已。蒸羊肉发明人为道光年薛三巴，清真教人，住德胜门外马店，现仍为薛姓秘制，在德胜门关厢路西。有仿制的，味道远不如薛家所做。蒸羊肉做法，系选取极精致羊肉，切成大方块，生肉上遍涂抹好黄酱，加花椒五香料，入瓮闷渍三日，取出上屉蒸熟，味已深入，并且入口酥化，如食乳酪。真品与仿制的分别，一为色彩鲜明澄澈，没有羊油外溢的形状；二为咸淡均匀（有先酱煮后再蒸的），并不太咸，但能经过相当时日不腐坏；三为入口酥化，并无膘头较硬的毛病。

羊头肉及酱羊头

羊头肉酱羊头，皆不见于《都门纪略》。北京羊头肉，为京市一绝，切得其薄如纸，撒以椒盐屑面，用以咀嚼渗酒，为无上妙品。羊头肉包括“脸子”、“信子”（舌头舌根）、“天花板”（羊上膛）、“通天梯”（羊巧舌，正名压舌）、羊眼睛、羊蹄、羊筋，蹄筋不计外，以羊脸子味最深远。卖羊头肉的，向为担竹篾大筐。近年为简便起见，亦有学卖羊腱子背长筐的，并非原来形状。实际竹筐价值，亦太昂贵不赀。羊头肉的售卖人，皆为大教人，每年立秋之日，即须上市，如因天热，不能售卖，亦必须于立秋之日售卖一天，然后停业，静候天凉，否则本年

“羊头肉作坊”即不再发售此人，这是卖羊头肉的旧行规。深秋初冬，深巷传来“羊头肉咧”凄婉的声音，也足以为之销魂荡魄。

清真教人卖羊头肉的，只有一处，地在廊房二条第一楼后门，裕兴酒店门首，人为马姓，自煮自卖（大教羊头肉皆由作坊趸售，不负清洁责任），货物干净，椒盐中加五香料，特别香洁，并代售白煮牛肚，价尤低廉。我每遇袋中只有三数角钱时，必至此处过酒肉瘾，与立饮同道相契合（同丰、裕兴，向不备凳，不备箸，不售肴）。羊头肉无论大教清真教，皆为白煮，味美而远，亦正在其白煮。红作羊头，除夏天羊肉铺所卖烧羊肉的羊头外，尚有“酱羊头”。酱羊头亦产于德胜门外（北京清真教人，以牛街及德胜门阜成门为最多），发明人为董四巴，所制酱羊头，滋味深厚，尤以其中“核桃肉”最有风趣。董设摊于德胜门内果子市北义兴酒缸（今改北益兴）门首，日久顾客颇多，且有愿为之批售的，遂渐渐成了酱羊头作坊，除自售外，尚大批制作发售。董四巴传徒黄三、黄四。黄三所做酱羊头，火候尚嫩，所以微觉稍硬；黄四所做，火候尚老，所以觉得酥软。近年黄三患痹症，不能出外营业，只由黄四每日制作，并至果市零售。除白煮羊头外，已至二三百个羊头之多，本可不再零售，因应付顾客起见，故仍设原摊，此亦中国商业上一种美德。北京制作酱羊头的，只此一家，可惜发明稍晚，未被收入《都门纪略》之中。

烧羊肉

关于烧羊肉，《都门纪略》有两处记载：一、“烧羊肉（自注：先付定钱）月盛斋在西月墙路南”；二、“烧羊肉（自注：此处口味，与众不同）成三元在安定门大街谢家胡同口外路西”。月盛斋是否当初卖烧羊肉，距今已八十多年，尚待考证，不过现在的月盛斋是卖酱羊肉的。成三元的烧羊肉，口味实在与众不同，不过到现在已有了四次变迁，“烧羊肉王冕”已换了四代，谈来不仅有趣味，也是忆旧录很好的材料。成三元烧羊肉，旧京人家通称为“谢家胡同烧羊肉”。旧家夏天，凡讲究吃烧羊肉的，不怕路远，也必到谢家胡同来买，王公府第，皆成顾主。他保持荣誉，时间最长，由同治年以前起，直至民国二十二年。矮旧的房屋，门前柱子上，每到夏天，还挂出红纸黑字“谢家胡同烧羊肉”古老的牌子来（二十二年改为鸿三元，屋宇长高，油饰一新，牌子也改白漆牌黑字）。不过实际，烧羊肉的与众不同口味，在清末民初，已转到“隆福寺白魁”羊肉铺，一时白魁遂成为名烧羊肉了。但谢家胡同烧羊肉名字，尚在保存，不过已湮没无闻（谢家胡同名字消失，在鸿三元成立）。至民国十年以后，白魁因原设立人变更，烧羊肉王位，又转到东城干面胡同“张家羊肉铺”。至民国二十年前，东四牌楼北“同义羊肉铺”

兴起，极力讲求，保持原汤，遂又取张家羊肉铺面代之。

烧羊肉除正式羊肉外，尚有羊脖子、羊头、羊杂碎、沙肝、羊腱子、羊蹄、羊蝎子许多种。夏日傍晚，烧羊肉汤浇面，大条黄瓜在握，清凉香郁，无以复加。以前羊肉铺复烧煮羊骨头，食者须先定，未正出锅，即可取至，唯食后须将残骨归还羊肉铺。午睡乍兴，吃芝麻酱烧饼，剔羊骨肉，吸脊髓，或佐白干二两，也足以睥睨一切了。

不负韶光不负菌

般若衿

“不负韶光不负菌”，是印在友人投资的云南餐厅菌菇季节菜单上的一句话。当时读罢不禁深以为然。每年立秋前后，我便忍不住揩去口水处处留意云南朋友发布的山里“菌菇”的消息了。

这一天，我和编辑张老师本来约了外滩旧英租界的意大利Brunch[①]，临行脑海里却忽然冒出云南的小蘑菇们，鬼使神差地取消了意餐的预约，改道朋友入股的云南菜馆。朋友知道了，只说一句：“意大利菜哪有云南的菌菇好吃唷！”来表达对我一时英明的赞许。

---

① Brunch：“Breakfast”和“Lunch”的合体，意为早午餐，通常比早餐多，比午餐少，较为慵懒。

结果那顿饭菜品一大桌，我和张老师只捧着一碗干巴菌饭就已经吃得好不开心，啧啧称赞，心满意足。香喷喷，鲜滴滴，怎么可以这么好吃？

喜啖山里的野菇子，中国人自古有之，宋人尤甚。宋代杨万里在《蕈子》诗里动情地说："空山一雨山溜急，漂流桂子松花汁。土膏松暖都渗入，蒸出蕈花团戢戢……响如鹅掌味如蜜，滑似蓴丝无点涩。伞不如笠钉胜笠，香留齿牙麝莫及。"宋代高似孙在《石桥纹蕈》里说野菇子是"石骨溜香髓，松苓涌凉脂。"宋代施枢在《玉蕈》中则赞美："幸从腐木出，敢被齿牙和。真有山林味，难教世俗知。香痕浮玉叶，生意满琼枝。饕腹何多幸，相酬独有诗。" "土膏松暖都渗入""石骨溜香髓，松苓涌凉脂" "真有山林味，难教世俗知"都是绝妙好句，野菇子令人迷恋的鲜味，正是土膏松暖的山林滋味呀，那咬破菌肉的满口香髓琼浆，是直白的荤类鸡鸭鱼肉所没有的韵味。

在长白山脉的一座山城长大的我，按说对于山里雨后疯长的小蘑菇们也是见过一些世面的。故乡的山里盛产猴头菇、榛蘑等外乡人看来也很稀奇的品种。小时候拎着篮子去森林里玩儿，也常会遇见奇形怪状，色彩斑斓的小蘑菇们。可"采蘑菇的小姑娘"不是随便可以做的，大人们会用骇人的口吻说，不可以乱采蘑菇，接着就讲起哪年哪月谁家的谁谁误吃了毒蘑菇被毒死的陈年旧事，以至于如今看到山里的蘑菇都不敢下手，望而生畏。

长大看书才知道，世界上蘑菇有数千种，常见的有毒品种不逾五十种。尽管蘑菇不比野菜，会失之毫厘，谬以千里，但是为了五十种蘑菇放弃了一大片鲜美的菇子们，未免有点可惜。

直到后来跟着朋友洋甘菊和玄桢道长的脚步，走进云南的菌菇的世界，才真正见了大世面。菌菇疯长的菌子季，玄桢道长每天请采菌人在天还擦擦黑的凌晨去森林里采菌菇，每天得来的战利品都不同。我第一次收到的战利品，就把自己吓到，大小各异、形态万千、色彩纷呈的菇子们足足有十二种，有些叫得上名字，有些叫不上名字，仔细问了当地人，才知：松松胖胖的像一整块牛肝的，叫黄牛肝；比黄牛肝小一些，铁青脸的，叫黑牛肝；形似松茸，比松茸胖，帽子也小一些的，叫老人头；比松茸小一些，帽子是紫褐色的，叫姬松茸；长长的，一看肉质就很有咬劲的，是大名鼎鼎的鸡枞菌；小小的，尾巴像铅笔头的，是黑鸡枞；黄色层层叠叠一片片的，是鸡油菌；长得像一把把小扫把的，是扫把菌；咖啡色的小小个，会爆奶浆的，是奶浆菌；青色的小小只，是青头菌；红色大大的伞盖的，叫鸡血菌；伞帽像一颗光滑的橘咖色鸡蛋的，叫鸡蛋菌……还有一种“见手青”，长得像披满松露，还怪好看的，味道也鲜美，就是不好惹也不好伺候，摸不得，摸一下就变成个死人青紫给你看，料理不好，便真的会给你下毒。

一下子面对这么多种菌菇，我竟一时不知所措，又不敢暴殄天物，最后，把长得细细长长的菌菇合了辣子大火爆炒，格外入味鲜美；长得像松茸的肥肥厚厚的，切成片，平锅微煎，撒上海盐，咬一口便爆出一股子鲜美汁水，妙不可言；余下的一律丢进紫砂汤煲里，煲成了一锅鲜美的大杂烩菌菇汤……

松茸，当然也是每年必买的，吃来吃去，觉得云南的出产风味最妙。总觉得炖鸡汤怕是合上了鸡汤鲜味，无法辨别最纯粹的松茸鲜美滋味，其实有点可惜，所以最爱的吃法还是薄油微煎，只撒上海盐，细细地品味松茸单纯充满森林荫郁气息和泥土养分的鲜香，感受松茸肥厚多汁的口感，嗯，整个初秋，就算没有辜负了。

倘若要把菌菇的鲜美滋味留得更久些，那就不妨学云南人做一些油鸡枞菌酱。鸡枞菌的菌柄据说长在白蚁巢上，此物只有云南出产，算得上是云南最具特色的菌菇。油鸡枞菌吃起来很有咬劲，越嚼越香，纤维有鸡肉的质感，却更加回味悠长，鲜香隽永。油鸡枞菌有种魔力，拌饭，拌面，拌米线，都可以一扫光。也可以做小菜佐酒，啧啧有味；也可以做佐料炒菜，比味精要鲜美得更富有灵气和生气。

想象着每年盛夏到金秋大雨后森林里嘟嘟冒出的菌菇们，有的赐予你最鲜美滋味，有的则会暗藏剧毒要你的命，这是多么有趣的一个植物族群，也几乎是最真实的自然写照。我们人类在神明的眼里，何尝不像钢筋水泥森林里滋生或多或少毒性和甘美滋味的蘑菇呢？

辑六

松花酿酒，春水煎茶

同一个杯、同一种茶、
同一式泡法，
饮在不同的喉里，
冷暖浓淡自知，
完全是心证功夫。

湖畔夜饮

丰子恺

前天晚上，四位来西湖游春的朋友，在我的湖畔小屋里饮酒。酒阑人散，皓月当空，湖水如镜，花影满堤。我送客出门，舍不得这湖上的春月，也向湖畔散步去了。柳荫下一条石凳，空着等我去坐。我就坐了，想起小时在学校里唱的春月歌：

春夜有明月，都作欢喜相。
每当灯火中，团团清辉上。
人月交相庆，花月并生光。
有酒不得饮，举杯献高堂。

觉得这歌词，温柔敦厚，可爱得很！又念现在的小学生，唱的歌粗浅俚鄙，没有福分唱这样的好歌，可惜得很！回味那歌的最后两句，觉得我高堂俱亡，虽有美酒，无处可献，又感伤得很！三个“得很”逼得我立起身来，缓步回家。不然，恐怕把老泪掉在湖堤上，要被月魄花灵所笑了。

回进家门，家中人说，我送客出门之后，有一上海客人来访，其人名叫CT[①]，住在葛岭饭店。家中人告诉他，我在湖畔看月，他就向湖畔去找我了。这是半小时以前的事，此刻时钟已指十时半。我想，CT找我不到，一定已经回旅馆去歇息了。当夜我就不去找他，管自睡觉了。第二天早晨，我到葛岭饭店去找他，他已经出门，茶役正在打扫他的房间。我留了一张名片，请他正午或晚上来我家共饮。正午，他没有来。晚上，他又没有来。料想他这上海人难得到杭州来，一见西湖，就整日寻花问柳，不回旅馆，没有看见我留在旅馆里的名片，我就独酌，照例倾尽一斤。

黄昏八点钟，我正在酩酊之余，CT来了。阔别十年，身经浩劫，他反而胖了，反而年轻了。他说我也还是老样子，不过头发白些。

十年离乱后，长大一相逢。
问姓惊初见，称名忆旧容。

---

① CT：指作家、诗人、翻译家郑振铎，CT为其笔名。

这诗句虽好，我们可以不唱，略略几句寒暄之后，我问他吃夜饭没有。他说，他是在湖滨吃了夜饭——也饮一斤酒——不回旅馆，一直来看我的。我留在他旅馆里的名片，他根本没有看到。我肚里的一斤酒，在这位青年时代共我在上海豪饮的老朋友面前，立刻消解得干干净净，清清醒醒，我说："我们再吃酒！"他说："好，不要什么菜蔬。"

窗外有些微雨，月色朦胧，西湖不像昨夜的开颜发艳，却有另一种轻颦浅笑、温润静穆的姿态。昨夜宜于到湖边步月，今夜宜于在灯前和老友共饮。"夜雨剪春韭"，多么动人的诗句！可惜我没有家园，不曾种韭。即使我有园种韭，这晚上也不想去剪来和CT下酒。因为实际的韭菜，远不及诗中的韭菜的好吃。照诗句实行，是多么愚笨的事啊！

女仆端了一壶酒和四只盆子出来，酱鸡、酱肉、皮蛋和花生米，放在收音机旁的方桌上。我和CT就对坐饮酒。收音机上面的墙上，正好贴着一首我手写的数学家苏步青的诗："草草杯盘共一欢，莫因柴米话辛酸。春风已绿门前草，且耐余寒放眼看。"有了这诗，酒味特别的好。我觉得世间最好的酒肴，莫如诗句。而数学家的诗句，滋味尤为纯正。

因为我又觉得，别的事都可有专家，而诗不可有专家。因为作诗就是做人。人做得好的，诗也作得好。倘说作诗有专家，非专家不能作诗，就好比说做人有专家，非专家不能做人，岂不可笑？因此，有些“专家”的诗，我不爱读。因为他们往往爱用古典，蹈袭传统，咬文嚼字，卖弄玄虚；扭扭捏捏，装腔作势；甚至神经过敏，出神见鬼。而非专家的诗，倒是直直落落，明明白白，天真自然，纯正朴茂，可爱得很。樽前有了苏步青的诗，桌上的酱鸡、酱肉、皮蛋和花生米，味同嚼蜡，唾弃不足惜了！

我和CT共饮，另外还有一种美味的酒肴，就是话旧。阔别十年，身经浩劫。他沦陷在孤岛上，我奔走于万山中。可惊可喜、可歌可泣的话，越谈越多。谈到酒酣耳热的时候，话声都变了呼号叫啸，把睡在隔壁房间里的人都惊醒。谈到二十余年前他在宝山路商务印书馆当编辑，我在江湾立达学园教课时的事。他要看看我的子女阿宝、软软和瞻瞻——《子恺漫画》里的三个主角，幼时他都见过的。瞻瞻现在叫作丰华瞻，正在北平北大研究院，我叫不到；阿宝和软软现在叫丰陈宝和丰宁馨，已经大学毕业而在中学教课了，此刻正在厢房里和她们的弟妹们练习评剧！我就喊她们来“参见”。CT用手在桌子旁边的地上比比，说：“我在江湾看见你们时，只有这么高。”她们笑了，我们也笑了。这种笑的滋味，半甜半苦，半喜半悲。所谓“人生的滋味”，在这里可以浓烈地尝到。

CT叫阿宝“大小姐”，叫软软“三小姐”。我说：“《花生米不满足》《瞻瞻新官人，软软新娘子，宝姐姐做媒人》《阿宝两只脚，凳子四只脚》等画，都是你从我的墙壁上揭去，制了锌版在《文学周报》上发表的。你这老前辈对她们小孩子又有什么客气？依旧叫‘阿宝’‘软软’好了。”大家都笑。人生的滋味，在这里又浓烈地尝到了。但无话可说，我们就默默地干了两杯。我见CT的豪饮，不减二十余年前。我回忆起了二十余年前的一件旧事。有一天，我在日升楼前，遇见CT。他拉住我的手说：“子恺，我们吃西菜去。”我说：“好的。”他就同我向西走，走到新世界对面的晋隆西菜馆楼上，点了两客公司菜，外加一瓶白兰地。吃完之后，仆欧送账单来。CT对我说：“你身上有钱吗？”我说：“有！”摸出一张五元钞票来，把账付了。于是一同下楼，各自回家——他回到闸北，我回到江湾。

过了一天，CT到江湾来看我，摸出一张十元钞票来，说：“前天要你付账，今天我还你。”我惊奇而又发笑，说：“账回过算了，何必还我？更何必加倍还我呢？”我定要把十元钞票塞进他的西装袋里去，他定要拒绝。坐在旁边的立达同事刘薰宇，就过来抢了这张钞票去，说：“不要客气，拿到新江湾小店里去吃酒吧！”大家赞成。于是号召了七八个人，夏丏尊先生、匡互生、方光焘都在内，到新江湾的小酒店里去吃酒。吃完这张十元钞票时，大家都已烂醉了，此情此景，憬然在目。如今夏先生和匡互生均已作古，刘薰宇远在贵阳，方光焘不知又在何处。只有CT仍旧在这里和我共饮。这岂非人世难得之事！我们又浮两大白。

夜阑饮散，春雨绵绵，我留CT宿在我家，他一定要回旅馆。我给他一把伞，看他的高大的身子在湖畔柳荫下的细雨中渐渐地消失了。我想："他明天不要拿两把伞来还我！"

下午茶[①]

简媜

仍旧眷恋独处，在市中心的九楼，常常把百叶窗拉密，用与世隔绝的手势，回到自己，裸足下田，在稿纸上。

我翻阅《茶经》，想象陆羽的面貌，到底什么样的感动让他写下中国第一本有系统地介绍茶艺的书？因为喜欢喝茶？还是在品茗之中体会茶汁缓缓沿喉而下，与血肉之躯融合之后的那股甘醇？饮茶需要布局，但饮后的回甘，却又破格，多么像人生。同一个杯、同一种茶、同一式泡法，饮在不同的喉里，冷暖浓淡自知，完全是心证功夫。有人喝茶是在喝一套精致而考究的手艺；有人握杯闻香，交递清浊之气；有人见杯即干，不事进德修业专爱消化排泄；有人随兴，水是好水、壶是好壶、茶是好茶。大化

① 本文节选自《下午茶》原序。

浪浪，半睡半醒，茶之一字，诸子百家都可以注解。

我终究不似陆羽的喝法。我化成众生的喉咙，喝茶。

当然，也不如李白、东坡才情，焚香小坐，静气品茗，给茶取个响亮的名字："仙人掌茶""月兔茶"，满座皆叹服好茶好名姓。谁晓得二位高士安什么心？仙人掌嘴、月兔杵臼，我倒觉得嬉怒笑骂！

所以，既然"下午"喝茶，且把手艺拆穿、杯壶错乱，道可道非常道，至少不是我的道。我只要一刹那的喉韵，无道一身轻。

喜欢读茶名，甚于赏壶。茶树管它长成什么样其实都是枝枝叶叶，本来无名无姓。人替它取了名，是拟人化了。不管名字背后代表它的出身、制造过程，抑或冲泡时的香味，总是人的自作多情。反正，人就是霸道，喜欢用建构社会解释生命的一套逻辑转嫁在茶身上，必要时还要改良品种。所以，茶也有尊卑高低了。我既然写茶，自然无法避免使用现有的茶名，这是基础语言。但我纯粹想象，用旧躯壳装新灵魂。

几乎天天喝茶，通常一杯从早到晚只添水不换茶叶，所以浓洌是早晨，清香已到了中午，淡如白水合该熄灯就寝。喝茶顺道看杯中茶，蜷缩是婴儿，收放自如到了豆蔻年华，肥硕即是阳寿将尽。一撮叶，每天看到一生。看久了，说心花怒放也可以，说不动声色亦可。

平日逛街，看到茶店总会溜进去，平白叫几个生张熟魏的茶名也很过瘾。很少不买的，买回来首先独品。乌龙茶好比高人，喝一口即能指点迷津。花茶非常精灵，可惜少了雍容气度。冰的柠檬红茶有点志不同道不合，可夏日炎炎，它是个好人。白毫乌龙耐品，像温厚而睿智的老者。加味茶里，薄荷最是天真可爱，月桂有点城府，玫瑰妖娆，英国皇家红茶，恕我直言，镀金皇冠。

还是爱喝中国的茶，情感特别体贴。铁观音外刚内柔，佛手喝来春暖花开。柚茶苦口婆心。至于陈年普洱，好比走进王谢堂内，蛛网恢恢疏而不漏。龙须茶，真像圣旨驾到，五脏六腑统统下跪。

喝茶也会“茶醉”。在朋友的茶庄，说是上好乌龙，到了第七泡，喉鼻畅通，满腔清香，竟会醺醺然，走路好像误入仙人花苑，可见“七碗歌”绝非子虚乌有。

既然茶不挑嘴，嘴不挑茶，有些滋味就写入文章。不见得真有其人其事，只不过从茶味中得着一点灵犀，与我内心版图上的人物一一印合，我在替舌尖的滋味找人的面目，而已。

这样的写法，也可以说看不出跟茶有什么瓜葛！话说回来，这是我的喝法，有何不可呢？况且，真正让我感兴趣的，不是茶的制造或茶艺，是茶味。

茶不能缺少壶，犹如下弈不能无棋。原先也打算玩壶，一来两手没空，二来玩不起。溜到茶店门口，隔着玻璃监狱给壶探监；要不，上好友家，搬把凳子，打开柜子，把他收购的壶挪到桌上，研究研究。老实说，不亲。他的壶子壶孙，有的是人家养亮了，出个价买的，有的新绳系新壶，壶底的标价未撕恰恰好粘住了“宜兴”。包袱、树干、葵花、小壶……都是名家后裔，可是新手新泥少了点心血味。其实，捏壶的痴法与收壶的痴法相同，据说爱壶人“相”到一把好壶，因故不能耳鬓厮磨，那种心痛好比与爱人诀别，十分悲壮。

我那朋友是属于沿路娶妾的，我是布衣白丁不为情困，专爱眉来眼去。

所以，文章里的茶具都是器而不器。

或许，深谙茶道的高手将视我为大逆不道，合该拖出去斩首示众。刀下留不留人在他，我是这么想：比方下棋吧，会摆谱布局的，尽管将帅相逢、兵卒厮杀；儿童比弈，没这规矩，叠棋子比高低。

我的饮水生涯乏善可陈，但是乐在其中。这些年，看到好碗好杯好碟好价钱，霸着柜台就娶了，也不算收藏，八字没一撇，只是寻常布衣，一见钟情而已。买来也不会奉为上宾，破的破、碎的碎，插花、弹灰、养石头，各适其性。这么一路玩下来，有些轻微的幸福就出现了。

虽是杯什器皿，与我脾性相切，用起来如见故友，缺角漏水，我不嫌它，核价高低那是店面的事，用不着标在生活上。茶水生涯亦如此，好茶、劣茶怎么分呢？喝好茶、喝劣茶怎么说呢？前人茶书中备注了，凡有恶客、大宴、为人事所迫时不宜沏茶，会糟蹋佳茗清心；这话有道理，所以袋茶是最好的逐客令，一杯水打死客人，言外之意是，茶喝完了您请回。

若是薄云小雨天气，窗外竹树烟翠，花含苞、人悠闲，案头小灯晶莹，此时净手沏茶，就算粗茶配了个缺角杯，饮来，也格外耳聪目明。

所谓佳茗，在我看来，即是茶、壶、人一体。

所以，我随心所欲饮茶。

茶事

贾平凹

以茶闹出过许多事来：

我的家乡不产茶，人渴了就都喝生水。生水是用泉盛着的，冬天里泉口白腾腾冒热气，夏季里水却凉得碜牙。大人们在麦场上忙活，派我反反复复地用瓦罐去泉里提水，喝毕了，用袄袖子擦着嘴，一起说：“咱这儿水咋这么甜呢！”村口核桃树旁的四合院里住着阿花，她那时小，脖子上总生痱子，在泉的洗衣池中洗脖子，密而长的头发就免不了浸了水面，我想去帮她，却有些不敢，拿树叶叠成小斗舀水喝，一眼一眼看她，王伯家的狗也来泉里喝水，就将我的瓦罐撞碎了。我气得打狗，也对阿花说：“你赔我，你赔我！”阿花说：“我赔你什么，是我撞碎你的罐子吗？”后来阿花大了，我每日都想能见到她，见到了却窘得想赶紧逃走，逃到避人处就又发恨，自己扇自己耳光。阿花的一个亲戚在关中平原，我们称山外人的，他突然来到阿花家，村人都在议论小伙子是来阿花家提媒了。这事使我打击很大，但我不敢去问阿花，伺机要报复那山外的人。山外没有核桃，我们摘了青皮核桃让他吃，他以为任何果子都是肉包核，当下就啃了一口，涩得舌头吐出来。又在他钻进水茅房大便的时候，拿了石头往尿窖子里一丢，尿水从尿槽子里溅上去，弄了他一身的肮脏。他一嘴黄牙，这是我最瞧不上的，他说他们那儿的水盐碱重，味苦，没有山里的水甜，他说这话时样子很老实，让我好生得意。可是第二天，我从泉里提了一大桶凉水往麦场送的时候，他看见了，却说："你们不喝茶啊？"我说这儿不产茶。他说："我们山外吃饭就吃蒸馍，渴了要喝茶的。"他的话把我噎住了，晚上思来想去觉得窝火，天明的时候突然想出了一句对付的话：山外的水苦才用茶遮味哩，我们这儿水甜用得着泡茶吗？中午要把这话对他说，但没有寻着他，碰着小三，小三说："你知道不，山外黄牙走了，早上坐车回去啦！"我兴奋他终于走了，却遗憾没把想了一夜的话当面回顶他。

到了七十年代末，我从家乡到了西安上大学，西安的水不苦，但也不甜，我开始喝开水，仍没有喝茶的历史。暑假里回老家，父亲也从外地的学校回来，傍晚本家的几位伯叔堂兄来聊天，父亲对娘说："烧些煎水吧。"水烧开了，他却在一只特别大的搪瓷缸里泡起了茶。父亲喝茶，这是我以前并不晓得的，或许他是在学校里喝，但把茶拿回家来喝，这是第一次。伯叔堂兄们都说："喝茶呀？这可是公家人的事！"茶叶干燥燥的，闻着有一股花香味，开水一冲就泛了暗红颜色。这便是我喝到的头口茶，感觉并不好，而且伯叔堂兄们也龇牙咧嘴。但是，那天的茶缸续了四次水，毕竟喝茶是一种身份地位的待遇。父亲待过几天就往学校去了，剩下的茶娘包起来放在柜里。那一年大旱，自留地里的辣子茄子旱得发蔫，我和弟弟从河里挑水去浇，一下午挑了数十担，累得几乎要趴在地上。一回家弟弟就说：咱慰劳慰劳自己吧。于是取了茶来泡了喝。剩下的茶就这么每天寻理由慰劳着喝了，待上了瘾，茶却没有了。因为所见到的茶叶模样极像干蓖麻叶末或干芝麻叶末，我们就弄了些干蓖麻叶揉碎了用开水泡，麻得舌头都硬了，又试着泡芝麻叶，倒没有怪味道，但毕竟喝过半杯就不想再喝了。

在大学读书了三年，书上关于茶的描述很多，我却再没有喝过茶，真正地接触茶则是参加工作后，那时的办公室里大家各自有个办公桌，办公桌的抽屉是加了锁的，每人的面前有一只烟灰缸和一只茶杯。开水是共同的，热水瓶里没水了，他们就喊："小贾小贾，瓶里怎么没水了？！"我提了瓶就去开水房打水，水打了回来，各自从抽屉里取了茶叶捏那么一点儿放在杯里，抽屉又锁上了，再是各自泡水喝。大家是互不让茶的。有一天办公室只有我和老赵，老赵喝茶是半缸子茶叶半缸子水，缸子里的茶垢已经厚得像刷了生漆，他冲了一杯，说："你喝茶不？"我说我没茶。他给我捏了一点，我冲泡了喝起来，他告诉我谁喝的是铁观音茶，谁喝的是茉莉花茶，谁又是八宝茶，开始又嘟囔谁个最没意思，自己舍不得买茶却爱喝茶，总是占他的便宜。我听了心里就发寒：他一定要记着今日给过我茶叶的事的。正是因为有了要还他茶叶的念头，也考虑了别人都喝茶我喝白开水显得寒酸的缘故，在月初发薪时，我咬咬牙从三十九元的工资里取出两元钱买了一筒茶，首先让老赵喝了一次。就是这一筒茶使我从此离不开了茶。好多年间，我已经是很标准的办公室人员的形象了：准时上班，拖地擦桌子，然后泡一缸茶，吸一支烟，翻来覆去地看报纸。先后喝过的是花茶、砖茶、八宝茶，脑子里没有新茶陈茶的概念，只讲究浓茶和淡茶，也知道空腹不要喝茶，喝了心发慌，晚上不要喝浓茶，喝了失眠，隔夜茶不要喝，茶垢不要洗。唯一与办公室别的同志不一样的是喝八宝茶时得取出里面的枸杞，枸杞容易上火，老赵就说："给我给我。"他把三四粒枸杞丢进口里嚼，说这可是好东西哩！

那年月干部常常要下乡，我从事的是出版社的编辑工作，要了解各县的文艺创作状况，就在苹果仅仅只有核桃般大的时节去一个县上，县委宣传部的一个干事接待了我，正是星期六，他要回家，安排我夜里睡在他办公兼卧室的房间里，临走时给了我去灶上吃饭的饭票，又叮咛：要喝水，去水房开水炉那儿灌，茶叶就在第二个抽屉里。夜里，宣传部的小院里寂静无人，我看了一会儿书，觉得无聊，出来摘院子里的青苹果吃，酸得牙根疼，就泡了他的茶喝。茶只有半盒，形状小小的，似乎有着白茸毛，我初以为这茶霉了，冲了一杯，杯面上就起一层白气，悠悠散开，一种清香味就钻进了口鼻，待端起杯再看时，杯底的茶叶已经舒展，鲜鲜活活如在枝头。这是我从未见过的茶叶，喝起来是那么地顺口，我一下子就喝完了，再续了水，又再续了水，直喝下三杯，额上泛了细汗，只觉目明神清，口齿间长长久久地留着一种爽味。第二天，一早起来我又泡了一杯，到了中午，又泡了一杯，眼见得茶盒里的茶剩下不多，但我控制不了欲望，天黑时主人还没有返回，我又泡了一杯。茶盒里的茶所剩无几了，我才担心起主人回来后怎么看待我，就决定再不能在这里待下去，将门钥匙交给了门房去街上旅舍去睡，第二天一早则搭车去了临县。那么干事到底是星期天的傍晚返回的还是第二天的黎明返回，我至今不知，他返回后发现茶叶几近全无是暗自笑了还是一腔怨恨，我也不知，我只是十几天后回到西安给他去了一信，表示了对他接待的感激，其中有句“你的茶真好”，避免了当面见他的尴尬，兀自坐在案前满脸都是烫烧。

贼一样喝过了自觉是平生最好的茶，我不敢面对主人却四处给人排说，听讲的人便说我喝过的那一定是陕青，因为那个县距产茶区很近，又因为是县委的人，能得到陕青中的上品，又可能是新茶。于是，我知道了所谓的陕青，就是产于陕西南部的青茶，陕西南部包括汉中、安康、商洛，而产茶最多的是安康。我大学的同学在安康有好几位，并且那里还有我熟悉的几个文学作者，我开始给他们写信，明目张胆地索贿，骂他们为什么每次来西安不给我送些陕青呢，说我现在要做君子呀，宁可三日无肉，不能一晌无茶啊！结果，一包两包的茶叶从安康捎来，虽每次不多，却也不断，但都不是陕青中的上品，没有我在宣传干事那儿喝到的好。再差的陕青毕竟是陕青，喝得多了，档次再降不下来，才醒悟真正的茶是原本色味的，以前喝过的花茶、胡茶皆为茶质不好用别的味道来调剂，而似乎很豪华的流行于甘、宁、青一带的八宝茶，实是在那里不产茶，将陈茶变着法儿来喝罢了。从此以后，花茶是不能入口了，宁喝白开水也不再喝八宝茶，每季的衣着是十分简陋，每日的饭菜也极粗糙，但茶必须是陕南青茶，在生活水平还普遍低下的年月里，我感觉我已经有点儿贵族的味道了。

当我成了作家，可以天南海北走遍，喝的茶品种就多了，比如在杭州喝龙井茶，在厦门喝铁观音茶，在成都喝峨眉茶，在云南喝普洱茶，在合肥喝黄山茶，有的茶价五百元一斤，有的甚至两千元。这些茶叶也真好，多少买了回来，味道却就不一样了，末了还是觉得陕南青茶好。说实在的，陕青的制作很粗，茶的形状不好，包装也简陋，但它的味重，醇厚，合于我的口舌和肠胃，这或许是我推崇的原因吧。

为了能及时喝到陕青，喝到新鲜的陕青，我是常去安康的，而且结交了一批新的安康的朋友，以致有了一位叫谭宗林的专门在那里为我弄茶。谭先生因工作的缘故，有时间往安康各县跑，又常来西安，他总是在谷雨前后就去了茶农家购买茶叶及时捎来，可以说我每年是西安最早喝到新陕青的人。待谭先生捎了半斤一斤还潮潮的新茶在西安火车站一给我打电话，我便立即通知一帮朋友快来我家，我是素不请人去吃饭的，邀人品茶却是常事，那一日，众朋友必喝得神清气爽，思维敏捷，妙语迭出，似乎都成了君子雅士。谭先生捎过了谷雨茶，一到清明，他就会在茶农家几十斤地采购上等青茶，我将小部分分给周围的人，大部分包装好存放于专门购置的大冰柜里，可以供一年享用了。朋友们都知道我家有好茶叶，隔三岔五就吆喝着来，可以说，我的茶客是非常多的。

我也和谭先生数次参加一些城里的茶社庆典活动，西安城中的大小茶社没有我未去过的，为茶社题写店名，编撰对联，书写条幅，为了茶我愿意这般做，全不顾了斯文和尊严。我和谭先生也跑过安康许多茶厂，人家叫干什么就干什么，平日惜墨如金，任何人来索字都必要出重金购买，却主动要为茶厂留言，结果人家把题写的条幅印在茶袋上、茶盒上满世界销售，明明是侵犯了我的权益，又无故遭到外人说我拿了多少广告费，人是不敢有缺点的，我太嗜茶贪茶，也只有无话可说。

人的一生要交结众多朋友，朋友是走一批来一批的，而最能长久的是以茶为友的人。我不大食肉，十几年前因病戒了酒后，只喜欢吸烟喝茶，过的是有茶清待客，无事乱翻书的日子。每当泡一杯陕青在家，看着茶叶鲜鲜活活得可爱，什么时候都觉得面对了春天，品享着春天。茶叶常常就喝完了，我在门上贴了字条：“送礼不要送别的，可以送茶。”但极少有送茶来的，来的都是些要喝我茶的人，这时候我就想起唐代快马加鞭昼夜不停从南宁往长安送荔枝的故事，可惜我不是那个杨贵妃，也不知谭先生现在哪儿。

谈酒

周作人

这个年头儿，喝酒倒是很有意思的。我虽是京兆人，却生长在东南的海边，是出产酒的有名地方。我的舅父和姑父家里时常做几缸自用的酒，但我终于不知道酒是怎么做法，只觉得所用的大约是糯米，因为儿歌里说，“老酒糯米做，吃得变nionio”——末一字是本地叫猪的俗语。做酒的方法与器具似乎都很简单，只有煮的时候的手法极不容易，非有经验的工人不办，平常做酒的人家大抵聘请一个人来，俗称“酒头工”，以自己不能喝酒者为最上，叫他专管鉴定煮酒的时节。有一个远房亲戚，我们叫他“七斤公公”，——他是我舅父的族叔，但是在他家里做短工，所以舅母只叫他作“七斤老”，有时也听见她叫“老七斤”，是这样的酒头工，每年去帮人家做酒；他喜吸旱烟，说玩话，打马将，但是不大喝酒（海边的人喝一两碗是不算能喝，照市价计算也不值十文钱的酒），所以生意很好，时常跑一二百里路被招到诸暨嵊县去。据他说这实在并不难，只须走到缸边屈着身听，听见里边起泡的声音切切察察的，好像是螃蟹吐沫（儿童称为蟹煮饭）的样子，便拿来煮就得了；早一点酒还未成，迟一点就变酸了。但是怎么是恰好的时期，别人仍不能知道，只有听熟的耳朵才能够断定，正如古董家的眼睛辨别古物一样。

大人家饮酒多用酒盅，以表示其斯文，实在是不对的。正当的喝法是用一种酒碗，浅而大，底有高足，可以说是古已有之的香宾杯。平常起码总是两碗，合一“串筒”，价值似是六文一碗。串筒略如倒写的凸字，上下部如一与三之比，以洋铁为之，无盖无嘴，可倒而不可筛，据好酒家说酒以倒为正宗，筛出来的不大好吃。唯酒保好于量酒之前先“荡”（置水于器内，摇荡而洗涤之谓）串筒，荡后往往将清水之一部分留在筒内，客嫌酒淡，常起争执，故喝酒老手必先戒堂倌以勿荡串筒，并监视其量好放在温酒架上。能饮者多索竹叶青，通称曰“本色”，“元红”系状元红之略，则着色者，唯外行人喜饮之。在外省有所谓花雕者，唯本地酒店中却没有这样东西。相传昔时人家生女，则酿酒贮花雕（一种有花纹的酒坛）中，至女儿出嫁时用以饷客，但此风今已不存，嫁女时偶用花雕，也只临时买元红充数，饮者不以为珍品。有些喝酒的人预备家酿，却有极好的，每年做醇酒若干坛，按次第埋园中，二十年后掘取，即每岁皆得饮二十年陈的老酒了。此种陈酒例不发售，故无处可买，我只有一回在旧日业师家里喝过这样好酒，至今还不曾忘记。

我既是酒乡的一个土著，又这样的喜欢谈酒，好像一定是个与“三酉”结不解缘的酒徒了。其实却大不然。我的父亲是很能喝酒的，我不知道他可以喝多少，只记得他每晚用花生米水果等下酒，且喝且谈天，至少要花费两点钟，恐怕所喝的酒一定很不少了。但我却是不肖，不，或者可以说有志未逮，因为我很喜欢喝酒而不会喝，所以每逢酒宴我总是第一个醉与脸红的。自从辛酉患病后，医生叫我喝酒以代药饵，定量是勃阑地[1]每回二十格阑姆[2]，蒲桃酒[3]与老酒等倍之，六年以后酒量一点没有进步，到现在只要喝下一百格阑姆的花雕，便立刻变成关夫子了。（以前大家笑谈称作“赤化”，此刻自然应当谨慎，虽然是说笑话。）有些有不醉之量的，愈饮愈是脸白的朋友，我觉得非常可以欣羡，只可惜他们愈能喝酒便愈不肯喝酒，好像是美人之不肯显示她的颜色，这实在是太不应该了。

黄酒比较的便宜一点，所以觉得时常可以买喝，其实别的酒也未尝不好。白干于我未免过凶一点，我喝了常怕口腔内要起泡，山西的汾酒与北京的莲花白虽然可喝少许，也总觉得不很和

---

① 勃阑地：现译作白兰地。

② 格阑姆：“gram”的音译，指克。

③ 蒲桃酒：葡萄酒。

善。日本的清酒我颇喜欢，只是仿佛新酒模样，味道不很静定。蒲桃酒与橙皮酒都很可口，但我以为最好的还是勃阑地。我觉得西洋人不很能够了解茶的趣味，至于酒则很有功夫，决不下于中国。天天喝洋酒当然是一个大的漏卮，正如吸烟卷一般，但不必一定进国货党，咬定牙根要抽净丝，随便喝一点什么酒其实都是无所不可的，至少是我个人这样的想。

喝酒的趣味在什么地方？这个我恐怕有点说不明白。有人说，酒的乐趣是在醉后的陶然的境界。但我不很了解这个境界是怎样的，因为我自饮酒以来似乎不大陶然过，不知怎的我的醉大抵都只是生理的，而不是精神的陶醉。所以照我说来，酒的趣味只是在饮的时候，我想悦乐大抵在做的这一刹那，倘若说是陶然，那也当是杯在口的一刻罢。醉了，困倦了，或者应当休息一会儿，也是很安舒的，却未必能说酒的真趣是在此间。昏迷，梦魇，呓语，或是忘却现世忧患之一法门；其实这也是有限的，倒还不如把宇宙性命都投在一口美酒里的耽溺之力还要强大。我喝着酒，一面也怀着“杞天之虑”，生恐强硬的礼教反动之后将引起颓废的风气，结果是借醇酒妇人以避礼教的迫害，沙宁（Sanin）时代的出现不是不可能的。但是，或者在中国什么运动都未必彻底成功，青年的反拨力也未必怎么强盛，那么杞天终于只是杞天，仍旧能够让我们喝一口非耽溺的酒也未可知。倘若如此，那时喝酒又一定另外觉得很有意思了罢？

茶的事

李娟

家里的碗大大小小十来只，却没有两只重样的。没办法，搬家过程中，碗是最易损坏的事物。每次临行前打包，扎克拜妈妈都特意用几件衣服把碗挨个紧紧缠裹了再塞入铁桶。到地方后仍难保全。

这些碗上都印有简陋而鲜艳的图案，有一只碗上还有“岁岁平安”的字样。有一天妈妈问我这些字是什么意思，我想了想，解释道：“就是说，每天都很好。”

妈妈说：“那么天天用这个碗喝茶，就会天天好？”

我连忙说：“是啊是啊！”

从此之后，每天喝茶时，无论谁用到了这只碗，都会边喝边念念有词：“天天喝、天天好，天天喝、天天好……”

对于牧人来说，喝茶是相当重要的一项生活内容。日常劳动非常沉重，每告一段落就赶紧布茶，喝上几大碗才开始休息。来客人了，也赶紧上茶。有时一天之内，会喝到十遍茶。

喝茶不是直接摆上碗就喝的，还辅以种种食物和简单的程序。摆开矮桌（平时竖放在角落里），解开包着食物的餐布铺在桌上，摊平里面的旧馕块、包尔沙克和胡尔图。有客人在座的话，会取出新馕切一些添进去，以示尊敬。再在食物空隙间摆上盛黄油和白油的小碟子，在主妇的位置旁摆放盛牛奶的碗、舀牛奶的圆勺、滤茶叶的漏勺。于是，整个场面看上去就很丰盛了。

有客人的话，有时还会额外摆上装着克孜热木切克（变质的全脂牛奶制成的颜色发红的奶制品，俗称“甜奶疙瘩”）的碟子，再打开上锁的木箱取出一把糖果撒在食物间。如果那时刚摇完分离机的话，还会盛一碗新鲜的稀奶油放在餐布中央，让大家用馕块蘸着吃。

宽裕的人家，还会慷慨地摆上葡萄干、塔尔米、饼干、杏子汤、椰枣、无花果干……统统以漂亮的玻璃碗盛装，跟过古尔邦节（宰牲节）似的。不过这些大都是装饰性的食物，大家只是礼貌性地尝一尝，没人会拼命地吃。

我家较为平实些，桌上的东西全是用来充饥的。

每次喝茶，黄油必不可少。一小块滑润细腻的黄油和一碗滚烫的茶水是最佳拍档，滋味无穷。在牛奶产量低下的季节里，没有黄油，我们更多地吃白油。才开始，我很怕这种坚硬洁白的肥油脂肪，但大家很照顾我，看我太客气，就主动帮我添白油，每次都狠狠地挖一大坨扔进我碗里，害我笑也不是，哭也不是，只好坚强地一口口咽下。时间久了，居然也适应了。再久一些，也有些依赖那股极特别的，又冲、又厚且隐含肉香的脂肪气息。要知道，对于春日里清汤寡水的饮食生活来说，白油简直是带着慈悲的面孔出现在餐布上的。

至于斯马胡力他们直接把白油厚墩墩地抹在馕块上……我就不能接受了。

话说大家团团坐定，主妇面前空碗一字排开，就开始倒茶了。先舀一小勺牛奶在碗底，再左手持壶倒茶，右手持漏勺过滤茶叶。冲好的茶按主次一一传给在座者。侍候茶的主妇还要眼尖，留意谁的茶快见底了就赶紧伸手讨碗续茶，直到对方用手合住碗口说："够了。"

在我家，一般由我或扎克拜妈妈照顾茶席。

煮茶的活儿则由我承包了，几乎每天都在不停地煮，以随时保持暖瓶满满当当。不知为什么大家都好能喝茶，尤其是斯马胡力。妈妈总是说："该买两个暖瓶冲两壶茶，一壶我们喝，一壶让斯马胡力自己一个人慢慢喝。"

有时我们离席很久了，出门做了很多事情回来，斯马胡力还在餐布前自斟自饮。奇怪的是，也没见他因此频频上厕所。

我们喝的茶恐怕是全天下最便宜的了，叫"茯砖"，十块钱五斤，压成砖形，并且真的硬得跟砖一样。尤其这次买的几块更甚，每次都得用匕首狠狠撬，才能剜下来一小块。茶叶质量并不好，有时掰开时，会看到其中夹杂着塑料纸的残片或其他异物。但捧起一闻，仍然香气扑鼻，便原谅了它。

遇到最最硬的霸王茶，别说匕首了，连菜刀都剁不开，扎克拜妈妈只好用榔头砸。但一时间仍无效果，她一着急，扔了榔头就出门拿斧头。等她拎了斧头回来，我已经用榔头砸开了。

有时候砸开坚硬的茶块，会发现其间霉斑点点，大概已经变质。抱着“可能看错了”的侥幸冲进暖壶，泡开了一喝，果然霉味很大。但这么大一块茶，好歹花钱买的，总不能扔掉吧？再说螺旋霉素不也是霉吗？说不定能治好我的咽喉炎和斯马胡力的鼻炎呢，便心安理得地独自喝了两大碗。

在隆重的节庆场合，还会喝到加了黑胡椒和丁香煮出来的茶。与其说是茶，不如说是汤了。味道有些怪，但怪得相当深奥。喝惯了的话，也会觉得蛮可口。

听后来认识的小姑娘阿娜儿说，在过去的年代里，茶叶昂贵又匮乏。贫穷的牧民会把森林里一种掌状叶片的植物采摘回家熬煮，当茶喝。她还拔了一片那样的叶子让我嗅，果然，一股鲜辣的气息，真有那么一点点茶叶味。

哎，我要赞美茶！茶和盐一样，是生活的必需品。它和糖啊、肉啊、牛奶啊之类有着鲜明美味的食物不同，它是浑厚的，低处的，是丰富的自然气息的总和——经浓缩后的，强烈又沉重的自然气息，极富安全感的气息。在一个突然下起急雨的下午，我们窝在毡房里喝茶，冷得瑟瑟发抖。妈妈让我披上她最厚重的那件大衣，顿时，寒冷被有力地阻挡开去。而热气腾腾的茶水则又是一重深沉的安慰：黄油有着温暖人心的异香；盐的厚重感让液体喝在嘴里也会有固体的质地；茶叶的气息则是枝繁叶茂的大树——我们正行进在无边的森林中，有一种事物无处不在却肉眼无察，它在所有的空隙处抽枝萌叶……所有这些，和水相遇了，平稳地相遇。含在嘴里，渗进周身脉络骨骼里，不只是充饥，更是如细数爱意一般……

卡西烤馕常有烤煳的时候，我烧茶也会有失败的时候，比如盐没放好。这个还好处理，淡了就添盐，咸了就另烧一壶白开水兑着喝。

有时候茶叶放得太多，一倒茶，就一团一团从暖瓶里涌出来，妈妈直皱眉头。于是煮下一壶茶时，我就没换茶，自作聪明地只掰了一小块新茶补进旧茶，添上开水完事。结果冲出来的茶一点儿颜色也没有，白泛泛的。偏那时又来客人了。

当时家里没有人，我正在森林里背柴火。刚走出森林，就看到远处有两个陌生人骑着马向我家毡房而去，便放下柴停下来。实在不想让外人看到自己现在的狼狈样儿——塌着背，穿着劳动专用的破衣服，头发被树枝挂得乱七八糟。

不知为何，我背柴的样子极其难看。背上的柴也不至于重到背不动的程度，却把腰压得那么弯，看上去悲惨极了。

可等了半天，他们还不走，后来干脆系了马站在我家门口面对面说话，看来是下定决心要等到主人回家了。没一会儿，托汗爷爷也出现在视野中，慢慢向他俩走去。这回没法躲了，只好硬着头皮回家。

独自招待客人感觉极不自在，但似乎没人注意到我的不自在。席间，爷爷和两个客人讨论关于强蓬的事。我铺开餐布切馕、倒茶，结果水一流出来就忍不住惊呼：“呀！”吓了客人一跳。他们顺着我的视线一看：根本就是一碗白开水嘛!

原来茯茶只能泡一遍，不像别的茶，可以泡好几遍。我无可奈何，仍然厚着脸皮递给三位客人。大家端起茶研究了两秒钟，照喝不误。

不一会儿，扎克拜妈妈和斯马胡力也回来了。看到这样的茶，斯马胡力很是大惊小怪了一番，妈妈也不太乐意。但爷爷笑眯眯地说：“行啦，行啦！”两个生客也笑而不言。我赶紧勤快地生火重烧新茶。

后来习惯了，家里一来人，我也学会大方熟练地招呼大家。但也有不情愿招待的人，比如恰马罕，他似乎总想说服我嫁给他三个儿子中的一个。还有卡西那个当兽医的表姐夫，有一次来我家时，给我看了两块黑色的柱状结晶体，说他在一个偏僻之处发现了这种石头的矿脉，要和我合伙开发赚大钱。从此我远远地一看到他就溜之大吉。

卡西说她这个兽医姐夫相当“厉害”，我才开始还以为是说他医术高明，后来才知是指他脾气暴躁，骂人的功夫厉害。我就更怕了。

后来搬家时，暂驻在托马得坡地上，我家和加孜玉曼家的依特罕扎在同一座山坡上。大家都不在家时，我一个人坐在坡顶晒太阳，突然远远看到兽医姐夫正蹲在加孜玉曼家依特罕前的草地上喝茶！根据习惯，他在那边喝完茶肯定还会顺便到我们这边再喝一轮。当机立断，我连忙就地倒下，平躺在地面上的一个低洼处，好半天一动不动，使他从他的角度看过来，这边平坦无人。果然，他喝了一会儿就从那边下山走了，不知是否真的以为这边没人。就算明知我在，看我吓成那样，也未必好意思过来吧？

我有许多坏习惯，比如总是盘着腿坐在花毡上俯身为大家倒茶，总被扎克拜妈妈取笑。有时候来客人了，不提防还这样，妈妈就一把将我推起来，令我坐好了再倒茶。

倒茶成了我的专业后，大家变得谁都不愿意插手。哪怕我正在洗头，斯马胡力嚷嚷要喝茶了，也得赶紧顶着满头肥皂泡冲进屋子给那个臭小子倒茶。想想都觉得可恨。

没外人的时候，大家喝茶非常搞怪。一段时间里卡西闹着减肥，只喝清茶，不加牛奶。有时候她会把茶倒进一个冰红茶饮料的空塑料瓶里，晃一晃再喝，以为这样就会有了饮料的味道。红茶瓶子上印了个非常漂亮的年轻女孩，卡西对她赞不绝口，边喝边凝视着她。

爷爷喝茶时会泡进去许多克孜热木切克，大口大口地吃，也不嫌腻。他还用勺子直接舀稀奶油喝。而我们只将其当作调味品，用馕块一点一点蘸着吃。

斯马胡力喜欢用野葱段当吸管吸着茶喝，喜欢把甜的糖块泡进咸的茶水里，还喜欢直挺挺地倒在花毡上，趴着喝茶。有一次我问他能否倒立着喝，他就真的靠着房架子打起了倒立，我把碗端到他嘴边，他刚喝了一口，妈妈就进来了，大喊："豁切！"于是茶水统统从他鼻子里呛出来，咳了半天。我很诧异，他不是一直鼻塞吗？

斯马胡力最会给人添麻烦了。他去恰马罕家帮忙剪完羊毛回家，我就随口一问："喝茶吗？"他居然立刻说："喝。"

我生气地说："恰马罕家没有茶？为什么不喝了再回来？"他笑而不答。

而之前我和扎克拜妈妈刚结束了一道茶，收拾了席面准备休息呢。

只好又重新铺开餐布给他冲茶。

谁知这小子只喝了一碗就不喝了（平时至少四五碗）。我更生气了："怎么才一碗？我都懒得洗碗！"

他笑着说："才在恰马罕房子喝过了嘛。"

扎克拜妈妈对茶自有一番要求。来客人的时候无所谓，由着客人喝好就行。但只有自家人在的时候，便无比重视喝的质量与心情。有时来人特别多，大家围坐矮桌，边喝边聊，喝了很长很长时间。人走后，我和卡西忙乎半天，洗碗，扫地，烧下一次的茶水，好不容易收拾利索了，妈妈欣慰地说："别忙了，快过来喝茶吧。"然后又解开刚打上结的餐布，排开刚洗好的碗……这喝得也太频繁了吧？很快知道，原来刚才那道茶盐味不够，人又多又吵，妈妈还没喝爽呢……然后还得再收拾，再洗碗，再烧下一次的茶。我坐在席间为大家服务，一碗都不喝，无论大家怎么劝都不干——实在喝饱了。

虽然每一道茶都令人心满意足，但相比之下，早茶总是更愉快一些。那时羊也赶完了，牛奶也挤完了，太阳出来了，最寒冷的时刻也结束了，斯马胡力也修好了坏了一个月的黑走马舞曲磁带。我们边听边唱，不时放下茶碗起身跳舞。斯马胡力又高又瘦，跳起舞来一板一眼。卡西则跳得缓和而柔曼。我不会跳维吾尔族舞，却会扭脖子，令大家颇为惊奇。卡西和妈妈跟着学了半天，此后好几天还一直在学，不时要求我扭几下做个示范。

一天的最后一道茶伴随着一天之中唯一的一顿正餐。哎，把这唯一的正餐安排在晚上真是再合理不过了。吃得饱饱的，刚好安心睡觉。但晚餐总是不会准备太多，没吃饱的话，就继续喝茶，吃馕。

每当我准备出远门的头一天，扎克拜妈妈入睡前都会叹气：“李娟明天走了，早上没有现成的茶喝了！”

第二天出发前，妈妈又忧愁地重复一遍：“李娟一走，就没有茶了。”

茶可道

雪小禅

禅茶一味，其实说的是茶可道。

说来我喝茶极晚。我想这缘于家庭影响，父亲只喝茉莉花茶和高沫。母亲常年只喝白水。我少时是猛浪之人，上体育课渴了，便跑到自来水龙头下一顿痛饮，那时好多女生亦如此，倒有脚踏实地的朴素温暖。

有野气的人日子过得逼真亲切，那清冽冽的凉水回甘清甜，自喉咙流到胃里，真是凉。少年不觉得。热气腾腾的血性很快平息了那凉。那个镜头，竟是再也不忘。少年时不自知，亦不怜惜自己，反倒是那不怜惜，让人觉得亲切、自然、不矫情。

上大学亦不喝茶。一杯热水捧在手里，或者可乐、雪碧、啤酒。我一向拿啤酒当饮料喝，并不觉得醉，只觉得撑，一趟趟上卫生间。几乎没人仰马翻的时候，也不上瘾。但后来，茶让我上了瘾。特别是去了泉州之后，我每日早起，每泡了早茶才开始工作。空腹喝清茶，就一个人。大红袍、绿茶、白茶、普洱……但以绿茶居多。早上喝普洱容易醉，茶亦醉人。

泉州真好，那么安宁的小城，风物与人情都那么让人满足。泉州有一种自足的气场——刺桐花开的老街上，不慌不忙的人们，特色小吃多如牛毛。散淡的阳光下，到处是茶客。丰俭由己。有时是紫檀红木，有时是粗木简杯，没见过比福建人更喜茶的了。泉州人似乎尤甚。早晨起来第一件事便是喝茶，与朋友谈事仍然要喝茶。从早喝到晚，茶养了胃，更养了心，泉州出了梨园戏，骨子里散发出幽情与文化的梨园戏，就着新茶，最好是铁观音喝，美到惊天动地了。

我是从泉州回来才早晨喝茶的，这一场茶事，应情应景，躁乱的心情会随着一杯茶清淡下来。早晨的心情因为有了茶香便有了慵懒，粗布衣服，素面，光脚走在地板上。有时盘腿坐在三十块钱淘来的蒲草垫子上。

打开收音机，放一段老唱段，然后一杯杯喝下去。我的茶事从一开始就是老境，因为人至中年才如此迷恋茶，像老房子失火，没有救药——茶是用心来品的，没有心境，再好的茶亦是枉然了。

起初我喝绿茶。龙井、碧螺春、台湾高山茶。龙井是名士，明前茶用透明高杯沏了，宛如一场翠绿的舞蹈，那养眼的瞬间，却又伴着无以言表的灿香。那是只有龙井才有的大气的香。又清冽又妩媚。像那个养育它的城——那放纵又收敛的书生之城。它裹了江南的烟雨妩媚，却又掺了风萧萧易水寒，杭州城的大方不是其他城市所能比——能不忆杭州？而我忆它最好的方式是泡一杯今年的新茶，看着小叶子一片片立起来，清清澈澈间，全是迷人的清气。龙井，是“士气”味道极远的绿茶。

碧螺春的传说有关爱情。情爱到底是薄而浅的东西——有时，它竟不如一杯碧螺春来得真实，它另一个名字怪可爱——“吓煞人香”。也真吓煞人，香得不真了，但自有它别具一格的清润脱俗，它与江南贴心贴肺。

高中同学老胡自保定来看我，带了酱菜，我最喜那瓶雪里蕻，名“春不老”，有一天早晨春不老就着炸馒头片，然后沏了一壶碧螺春。“吓煞人香”和“春不老”，凑成一对，倒也成趣。滋味是南辕北辙的。我欢喜得紧。

西泠八家之一丁敬有闲章两枚：自在禅，长相思。我亦求人刻了两枚。“自在禅”要配好茶，而“长相思”可以放在心里闲情寄美。

我心中的好茶可真多：太平猴魁。哦！这名字，惊天动地地好！像怀素的书法，他披了最狂的袈裟，却有着最宝相庄严的样子。他用自己的样子颠倒众生。我第一次看到太平猴魁时简直惊住了！或许，那是茶本身最朴素的样子，它真像一个高妙的男子，怀素或米芾，人至中年，却又保存着少年天真。那身材的魁伟，前不见古人，后不见来者。那滂沱之相，那清猛之气，一口咽下去，人生不过如此，了得了。

六安瓜片亦好，但立秋之后，我不再喝绿茶，绿茶寒凉，刮肠胃的油。秋天亦凉，不适合雪上加霜，秋天我喝乌龙茶和红茶。

因为杀青不彻底，有了半发酵茶的乌龙茶。我喝得最多的是铁观音和台湾高山茶。但郁达夫说铁观音为茶中柳下惠，我倒爱那非红非绿略带赭色的酒醉之色。实在是与色或情有几丝联系。有一阵迷上台湾高山茶。喝到快迷上了，那种冷冽冽的香像海棠，我总想起褚遂良的字来，便是这种端丽。高山茶喝了半年换了大红袍。

我顶喜欢“大红袍”这三个字。官架十足。摆明了的骄傲和霸气。男人得很。大红袍是岩茶，乌龙茶的一种。因了闽地的高山雾重阳光寡淡，那岩骨花香生于绝壁之上，以其特有的天姿让人倾倒。翠色袭人，一片沉溺。我喜欢大红袍，那卷卷曲曲一条索肥美壮观清香悠长之外，却又如一张古画，气息分外撩人。但却不动声色。好男人应该不动声不动色，应该是最起伏得道的行书，一下笔便是标杆与楷模，让身后人万劫不复。

顶级大红袍色汤极美。从橙红到明黄。这是醇厚之美，一口下去，荡气回肠，肝肠寸断，简直要哭了。那种醉心的归属感，配得上冬天的一场场雪，没有彻骨清凉，只有温暖如初。

乌龙茶中的水仙和凤凰单丛亦动人，不事张扬的个性，茶盏中的润物细无声。两个名字像姐妹花，总让我想起唱越剧的茅威涛，本是女子，却英气逼人。水仙茶的气质总有逼人英气，个性里有淳厚和仁心，亦有清香绵延。这茶，可以喝到半醉而书，写下山高水长物象万千，“非有老笔，清壮何穷。”这是李白的诗句，可以配给乌龙茶。

绿茶是妙曼女子，乌龙茶是中年男子，红茶是少妇，普洱是六十岁以后的老男人，白茶是终身不婚的男人或女人。最符合我的，自然是红茶。

小言从斯里兰卡为我带来红茶，我掺了祁红，又放了滇红，然后加上牛奶与核桃仁煮。在冬天的下午，奶香一直飘荡着，都不忍心去干什么事情了。

穿了个白长袍发呆，自己宠爱着自己。

红茶细腻瓷实敦厚，正山小种也好。喝惯了茶，胃被养坏了，沾不得凉了。

加奶的茶还有湖南的茯茶，一大块粗砌的茶砖，用刀剁下来，放了盐与花椒，再加上牛奶煮啊煮。M煮的好喝，她公公煮的更香，我每次都要喝几大碗，那种两块钱一个的大粗碗。坐在她乱七八糟的家里，喝着刚煮好的茯茶，觉得还原了茶原本的气质——茶本就这么随意，本来是这一片片树叶子嘛，本就这么衣食父母。何必那么道貌岸然的杯杯盏盏？然后又日日谈什么禅茶一味？真正的禅茶一味，全在这杯粗瓷碗湖南的茯茶中，不装，不做作，直抵茶的本质。

M一家离开霸州后，我再也没喝过那么好喝的茯茶了。

如果白茶清淡似水，普洱则浓情厚意了。白茶太淡，无痕真香，总在有意无意间弹破人世间的佛意。但我仍喜普洱。普洱是过尽千帆走遍万水仍然宅心仁厚，仍然表里俱清澈。所有戏，大角必然压大轴。毫无疑问，普洱在我的茶事中必须压大轴。

普洱是颜真卿的字，一直用力地用命来书写，那是神符，那是标度，那是尊重与敬畏，那也是人书俱老。好东西必须直抵性命。

我第一次喝普洱并不觉美妙。只觉被发霉味道袭击，加之凛冽视觉的冲击，那浓汤让人觉得似药。忍着咽下去，那醇厚老实的香气缓慢地升上来——一个好男人的好并不是张扬的。我几乎一瞬间爱上这叫普洱的茶。

第一次沏普洱失败。茶汤分离慢了，汤不隽永了，有了浊气，损了真味。以后沸水鲜汤，把那一饼饼普洱泡得活色生香了。

朋友R只喝普洱。他泡普洱是铅华洗尽的淳朴与端然。好普洱让人上瘾。让人上瘾的都难戒，它们慢慢让你熨帖，在洌而酽的茶汤里，做了自己的终南山隐士。

R说，普洱茶可以把人喝厚了。绿茶可以把人喝透亮了，红茶可以把人喝暖了，白茶可以喝清了，乌龙茶把人喝智了。

人生应该越来越厚吧，那一点点苦尽甘来，那步步惊心的韵味，那情到深处的孤独，都需要一杯普洱在手。

春风秋月多少事，一杯清茶赋予它。有事无事吃茶去，繁花不惊，长日清淡，赏心两三， 唯有伊人独自。有浅茶一盏，门前玉兰开了，头一低，看到杯中伊人，各自都是生命的日常与欢喜。足矣。

宴之趣

郑振铎

虽然是冬天，天气却并不怎么冷，雨点淅淅沥沥地滴个不已，灰色云是弥漫着；火炉的火是熄下了，在这样的秋天似的天气中，生了火炉未免是过于燠暖了。家里一个人也没有，他们都出外“应酬”去了。独自在这样的房里坐着，读书的兴趣也引不起，偶然地把早晨的日报翻着，翻着，看看它的广告，忽然想起去看*Merry Widow*[①]吧。于是独自地上了电车，到派克路跳下了。

在黑漆的影戏院中，乐队悠扬地奏着乐，白幕上的黑影，坐着，立着，追着，哭着，笑着，愁着，怒着，恋着，失望着，决斗着，那还不是那一套，他们写了又写，演了又演的那一套故事。

---

① *Merry Widow*：美国电影《风流寡妇》。

但至少，我是把一句话记住在心上了：

“有多少次，我是饿着肚子从晚餐席上跑开了。”

这是一句隽妙无比的名句；借来形容我们宴会无虚日的交际社会，真是很确切的。

每一个商人，每一个官僚，每一个略略交际广了些的人，差不多他们的每一个黄昏，都是消磨在酒楼菜馆之中的。有的时候，一个黄昏要赶着去赴三四处的宴会。这些忙碌的交际者真是妓女一样，在这里坐一坐，就走开了，又赶到另一个地方去了，在那一个地方又只略坐一坐，又赶到再一个地方去了。他们的肚子定是不会饱的，我想。有几个这样的交际者，当酒阑灯灺，应酬完毕之后，定是回到家中，叫底下人烧了稀饭来堆补空肠的。

我们在广漠繁华的上海，简直是一个村气十足的“乡下人”；我们住的是乡下，到“上海”去一趟是不容易的，我们过的是乡间的生活，一月中难得有几个黄昏是在“应酬”场中度过的。有许多人也许要说我们是“孤介”，那是很清高的一个名词。似我们实在不是如此，我们不过是不惯征逐于酒肉之场，始终保持着不大见世面的“乡下人”的色彩而已。

偶然的有几次，承一二个朋友的好意，邀请我们去赴宴。在座的至多只有三四个熟人，那一半生客，还要主人介绍或自己去请教尊姓大名，或交换名片，把应有的初见面的应酬的话讷讷地说完了之后，便默默地相对无言了。说的话都不是有着落，都不是从心里发出的；泛泛的，是几个音声，由喉咙头溜到口外的而已。过后自己想起那样的敷衍的对话，未免要为之失笑。如此地，说是一个黄昏在繁灯絮语之宴席上度过了，然而那是如何没有生趣的一个黄昏呀！

有几次，席上的生客太多了，除了主人之外没有一个是认识的；请教了姓名之后，也随即忘记了。除了和主人说几句话之外，简直地无从和他们谈起。不晓得他们是什么行业，不晓得他们是什么性质的人，有话在口头也不敢随意地高谈起来。那一席宴，真是如坐针毡；精美的羹菜，一碗碗地捧上来，也不知是什么味儿。终于忍不住了，只好向主人撒一个谎，说身体不大好过，或是说还有应酬，一定要去的。——如果在谣言很多的这几天当然是更好托词了，说我怕戒严提早，要被留在华界之外——虽然这是无礼貌的，不大应该的，虽然主人是照例地殷勤地留着，然而我却不顾一切地不得不走了。这个黄昏实在是太难挨得过去了！回到家里以后，买了一碗稀饭，即使只有一小盏萝卜干下稀饭，反而觉得舒畅，有意味。

如果有什么友人做喜事，或寿事，在某某花园，某某旅社的大厅里，大张旗鼓地宴客，不幸我们是被邀请了，更不幸我们是太熟的友人，不能不到，也不能道完了喜或拜完了寿，立刻就托词溜走的，于是这又是一个可怕的黄昏。常常地张大了两眼，在寻找熟人。好容易找到了，一定要紧紧地和他们挤在一处，不敢失散。到了坐席时，便至少有两三人在一块儿可以谈谈了，不至于一个人独自地局促在一群生面孔的人当中，惶恐而且空虚。当我们两三人在津津地谈着自己的事时，偶然抬起眼来看着对面的一个坐客，他是凄然无侣地坐着；大家酒杯举了，他也举着；菜来了，一个人说："请，请。"同时把牙箸伸到盘边，他也说："请，请。"也同样地把牙箸伸出。除了吃菜之外，他没有目的，菜完了，他便局促地独坐着。我们见了他，总要代他难过，然而他终于能够终了席方才起身离座。

宴会之趣味如果仅是这样的，那么，我们将咒诅那第一个发明请客的人；喝酒的趣味如果仅是这样的，那么，我们也将打倒杜康与狄奥尼修士了。

然而又有的宴会却幸而并不是这样的；我们也还有别的可以引起喝酒的趣味的环境。

独酌，据说，那是很有意思的。我少时，常见祖父一个人执了一把锡的酒壶，把黄色的酒倒在白瓷小杯里，举了杯独酌着；喝了一小口，真正一小口，便放下了，又拿起筷子来夹菜。因此，他食得很慢，大家的饭碗和筷子都已放下了，且已离座了，而他却还在举着酒杯，不匆不忙地喝着。他的吃饭，尚在再一个半点钟之后呢。而他喝着酒，颜微酡着，常常叫道："孩子，来。"而我们便到了他的跟前。他夹了一块只有他独享着的菜蔬放在我们口中，问道："好吃吗？"我们往往以点点头答之。在孙男与孙女中，他特别地喜欢我，叫我前去的时候尤多。常常地，他把有了短髭的嘴吻着我的面颊，微微有些刺痛，而他的酒气从他的口鼻中直喷出来。这是使我很难受的。

这样地，他消磨过了一个中午和一个黄昏。天天都是如此。我没有享受过这样的乐趣，然而回想起来，似乎他那时是非常地高兴，他是陶醉着，为快乐的雾所围着，似乎他的沉重的忧郁都从心上移开了，这里便是他的全个世界，而全个世界也便是他的。

别一个宴之趣，是我们近几年所常常领略到的，那就是集合了好几个无所不谈的朋友，全座没有一个生面孔，在随意地喝着酒，吃着菜，上天下地地谈着。有时说着很轻妙的话，说着很可发笑的话，有时是如火如剑的激动的话，有时是深切的论学谈艺的话，有时是随意地取笑着，有时是面红耳热地争辩着，有时是高妙的理想在我们的谈锋上触着，有时是恋爱的遇合与家庭的与个人的身世使我们谈个不休。每个人都把他的心胸赤裸裸地袒开了，每个人都把他的向来不肯给人看的面孔显露出来了；每个人都谈着，谈着，谈着，只有更兴奋地谈着，毫不觉得“疲倦”是怎么一个样子。酒是喝得干了，菜是已经没有了，而他们却还是谈着，谈着，谈着。那个地方，即使是很喧闹的，很湫狭的，向来所不愿意多坐的，而这时大家却都忘记了这些事，只是谈着，谈着，谈着，没有一个人愿意先说起告别的话。要不是为了戒严或家庭的命令，竟不会有人想走开的。虽然这些闲谈都是琐屑之至的，都是无意味的，而我们却已在其间得到宴之趣了；——其实在这些闲谈中，我们是时时可发现许多珠宝的；大家都互相地受着影响，大家都更进一步了解他的同伴，大家都可以从那里得到些教训与利益。

“再喝一杯，只要一杯，一杯。”

“不，不能喝了，实在的。”

不会喝酒的人每每这样地被强迫着而喝了过量的酒。面部红红的，映在灯光之下，是向来所未有的壮美的丰采。

“圣陶，干一杯，干一杯。”我往往地举起杯来对着他说，我是很喜欢一口一杯地喝酒的。

“慢慢地，不要这样快，喝酒的趣味，在于一小口一小口地喝，不在于‘干杯’。”圣陶反抗似的说，然而终于他是一口干了。一杯又是一杯。

连不会喝酒的愈之、雁冰，有时，竟也被我们强迫地干了一杯。于是大家哄然地大笑，是发出于心之绝底的笑。

再有，佳年好节，合家团团地坐在一桌上，放了十几双的红漆筷子，连不在家中的人也都放着一双筷子，都排着一个座位。小孩子笑滋滋地闹着吵着，母亲和祖母温和地笑着，妻子忙碌着，指挥着厨房中厅堂中仆人们的做菜、端菜，那也是特有一种融融泄泄的乐趣，为孤独者所妒羡不置的，虽然并没有和同伴们同在时那样的宴之趣。

还有，一对恋人独自在酒店的密室中晚餐；还有，从戏院中偕了妻子出来，同登酒楼喝一二杯酒；还有，伴着祖母或母亲在熊熊的炉火旁边，放了几盏小菜，闲吃着消夜的酒，那都是使身临其境的人心醉神怡的。

宴之趣是如此的不同呀！

茶和咖啡

徐蔚南

什么时候养成我爱好品茶的习惯，正和旁人一样，很难回答的了。因为我国是茶之国，而饮茶又是那么普遍，在家庭里，在社会上，时刻有饮茶的机会，积渐而养成品茶的习惯，更进而养成要饮好茶的习惯。

杭州的龙井茶，真是要得，泡出来有股幽香，而入口则味道甚厚，略带些些的苦味，而这苦味中却像是甜的。

仿佛我们今日回想往时，就是困境也有点甜味，而今日要的甜味呢，却要如西洋人的饮茶一样，要用白糖掺进去，用人工方法制造的了。

福建的双熏三熏，因为和有花香，所以味道特别的浓厚，而我却爱它的颜色好看，注在白瓷的茶杯中，黄澄澄的仿佛一杯蜜糖。安徽的祁门红茶也着实够味，色香味都妙。

我去重庆时，在屯溪耽搁了一个月，好茶着实尝到不少。

效外密云岩一个庙宇里，游客到时常供给一杯清茶，取资甚廉。那种茶在屯溪是极寻常之品，但在别地，便是佳品了。

我好几次去密云岩，可说是都为的饮茶。到了建阳，有人供给我品尝武夷山上最驰名的铁观音，只是真假莫辨。后来想想，一定是真的。

到了桂林，又逢到中国茶叶公司的经理沈秋雁先生，他在公司所设茶室里请我们饮碧螺春。

我从屯溪到重庆，一路上随时买点土产，沿路送人，到重庆一一送光，独有一包茶叶却不肯送人，要自己享受。那是屯溪一个茶店老板送给我的最好的红茶。

用滚水泡出来时，首先，那股香味先钻进你的鼻孔，百般地诱惑着你；其次那味道真好，是厚的，但还是轻松，是一种感觉上的浓厚，一点不腻滞。

可惜重庆水太重浊，常常泡坏了茶叶。尤其可惜的逢到淫雨天，工友取茶时，没有将铁罐闭紧，竟至使全罐茶叶发了霉，真气得我发昏。

泡茶的水要纯洁第一，而重庆的水却是泥浊，永远不出好茶。

我到南泉王新甫家里才喝到清纯的泉水，注在杯子里，那是水晶；放了茶叶后，便是一块绿色的水晶，真美极了，可惜茶叶还是不好。

在唐家沱同乡柴小姐那里也尝到好水。茶叶是本地沱茶，四川沱茶是不坏，但只是不坏而已。

“重庆茶馆的多，好比巴黎的咖啡店”，我初到重庆时，朋友就这样告诉我。

我在城里城外观光时，真是五步一茶店，十步一茶馆，而且家家茶馆都有生意，高朋满座。

摆龙门阵——瞎谈天的术语，是产自重庆，而摆龙门阵最好的地盘，自然就是茶馆。茶馆里大多是放着躺椅，或者白帆布做的，或者竹做的。

茶客躺在那儿，多舒服。如果和朋友们聊天到口干了，身边茶几上就是一碗清茶，顺手取来解渴，润润喉咙。

茶馆大都带卖瓜子、花生、香烟，还有小贩不时来叫卖糖果，还有报贩，还有擦皮鞋的。进进出出，川流不息。

躺在椅子上茶客无聊时便叫茶房拿盆瓜子吃吃，或者叫小贩敲下一点麦芽糖来甜甜嘴巴。识字的等报贩来，买份报纸看看国家大事。

茶馆拥有经常去喝茶的老茶客，或者是早上的，或者是中午的，或者是晚间的。

早上的老茶客大抵一起身就到茶馆，喝杯清茶外加吃点点心。茶已喝饱，点心吃过，然后回去，不知回去做什么。

中午的茶客，大都是吃过午饭去的。中饭后小睡是重庆流行的风气，在家里或者因为人多，他们便去坐茶馆，因为这时茶馆比较清闲，他们喝了几杯茶，便躺椅上小睡，睡了一二小时，然后去办公厅工作。

晚上的老茶客，大抵是晚饭后去的，他们是去茶馆聊天的，上至世界大事，下至臭虫白虱，无所不谈。谈到茶馆快要闭门，才陆续回去睡觉。

除开此种老茶客之外，偶然的茶客也是有的。

因为路走得多了，便借茶馆来休息一下；或者要赶车子，时间未到，车子未来，便在茶馆等候一下；或者因有什么事务密谈，便约在茶馆相叙。

茶馆，不仅是在重庆，在任何一个地方，总是个乐园。

在那儿一边放纵，一切自由，仿佛从严酷的人生下解放了一小时，仿佛从无情的社会压迫下逃避了一回，享受着闲适的趣致。

我对于坐茶馆是没有什么好感，但也没有什么恶感。在不讲工作效率，舒余闲适惯了的社会里，中国茶馆的存在是有其必然理由的。

既然有存在的必然理由，便对于茶馆无好恶之可言，应当从更深处去着想了。

一个没有工作的人，而又无可以安居的房间，又无公园之类的场所，闲着的身体无处安排，除了坐茶馆外，请问还能做些什么呢？

争取时间诚然不易，而耗去时间何尝容易呢？要浪费生命，预支年岁，极短时间享受多年的幸福是有条件的，不是任何人能做到的。

即如打麻将是杀时间的一法，可是打麻将要有赌本，没有赌本便无从借麻将来杀时间。茶馆中去坐坐，真正是最廉价的杀去时间的方法。

在破落不堪的社会制度下，在冷酷无情唯利是图的“人鼠之间”的城市中，借茶馆作为避难所，争取一二小时的安慰，我们还有什么理由来谴责呢？

人人有向上的意思，而无自甘下流的。下流的社会才逼迫人下流。

人人有爱好清洁的心，而无自愿污秽的，只有那污秽的环境才叫人污秽而不自觉。

虽则不能因噎而废食，但攻击茶馆是不合理而且无效的。

我到重庆后，曾有一个短时期，因为一切工作的必需品都没有，又无生活的必需品，百分之百无聊中，便也去坐茶馆。

在茶馆中望望街上来往的行人车马，或者瞭望江中的风帆与屋顶田地，将寂寞苦闷暂时赶走了，虽则并未得到一丝一毫的快乐，但至少在这一二小时里也没有任何的不快。

从无聊消磨时光方面说来，坐茶馆是为害最小的了。扑克、麻将、逛窑子、抽大烟等等，那为害之大，真是一言难尽了。

我不是为茶馆作辩护，茶馆有其必然存在的理由，用不着我来辩护。

我只是为坐茶馆的人说法，用不到坐茶馆的人不知坐茶馆人的心境，虽则坐过茶馆而从未反省的人也不知道坐茶馆的心境。

有人说中国茶馆等于外国的咖啡店。但是坐茶馆的心境与坐咖啡店的心境是全然不同的。

前者是无聊的消遣，后者是业余的休息哪！

喝咖啡自然也是一种嗜好。炒咖啡时那一种强烈的香味，是最诱惑人的。

上海霞飞路上有家出卖咖啡的商店，老是放射那咖啡香味刺激行人，叫你一走到这家商店左右，立刻想咖啡喝，就到它那里去买一二磅的芬芳的咖啡。

朋辈中间，有不少喝咖啡的专家，像华林先生就是一个。他亲自烧咖啡，水泡得很开，咖啡完全泡透，不留一点余味。

我到重庆后，蒙他叫我到中国文艺社讲过话，承他特别优待，将其秘藏的珍爱的没有启盖的一罐SW咖啡牺牲。凡到会的人都有一小杯。在重庆禁止喝咖啡的严令下，能得喝下这杯咖啡，实在是走运。

后来在同乡丁趾祥兄处又吃到了他所秘藏的SW咖啡。后来，又在一个公务员的家里，又吃到了SW咖啡。

我是与其吃咖啡还不如吃好茶的，但物以稀为贵，在上海战时只有喝CPC的咖啡，无SW牌子的了，到重庆后反而得着，自然最高兴不过的。

还有位马宗融先生，他的喝咖啡癖是从巴黎带回。他在北平教书，据说还是天天在烧咖啡喝。

咖啡是一种常青树的种子。这种咖啡树是生长在热带区域，高的有二三丈，短的只齐到腰部。

叶子像桂花，小而白，果像红莓苔子，中间有子二三粒，那不是咖啡，咖啡是半丸形，两粒背合，成为圆形，如桐子那么大小。果肉是甜的，但世人所喜欢吃其子，而不喜其果。

据说咖啡最初发见于阿比西尼的“加法”，因其地而名，后传伪为咖啡云。

后来有人将咖啡传到阿拉伯去栽种，大告成功，那就是现在著名的“木却咖啡”。到十七世纪之末，又移栽于爪哇，于是热带区域都有咖啡树了。

近赤道或南或北约三十纬度的区域，如果温度终年在五十度[①]以上，咖啡也能生长结实，不过不能如近赤道的那么的好了。

---

① 五十度：指五十华氏度。

咖啡最怕浓霜，经霜一染，咖啡即死；酷热虽不致咖啡于死命，但能阻滞其发育。所以种咖啡，以沿海山麓二处为最宜，因为气候常常可以得中和。

全世界最大的咖啡的仓库是南美洲的巴西。那里所产的咖啡量占全世界产量三分之一，而全世界产量是二千三百余万磅。

在世界经济不景气的年代，巴西曾议把咖啡当作柴烧的。上面我所说过的CPC咖啡，是一个华侨所经营的。

听说是巴西华侨，在上海静安寺路西端，开设一家美国式咖啡店。

店中放几张很干净桌椅，顾客去买咖啡时，最初可以免费得饮咖啡一杯。

那杯咖啡是在柜台上当场煮成的，所以又香又热。后来CPC牌子已经打出，免费喝咖啡的制度便即取消，而我们还可以去喝的，只要付钞。

咖啡的培栽很不容易，手续很繁。

据说种子须播于特设的播种园内，等到苗长成数寸后才移种于山上，每本须用盆来保护，而盆上蒙以树叶，因为恐怕日光太强而致新苗枯死。等到四年之后，树才长大而能结实。

像我们中国这种温带地方，七八月之交，正将入秋令，而在热带，则正是春季，百草怒发，万木萌生。

到温带仲冬之时，咖啡树开花了，一片片白色恰像北平西山大觉寺的杏林，微风吹来，芬芳触鼻，令人心醉。

到四五月时，咖啡果熟，作红色，累累如樱桃。农人便从事于采果工作，咖啡经送入工厂去肉留仁。此种咖啡一经焙制，便可煮饮。

世界上喝咖啡最多的，不是法国而是美国。

据说美国人每年购咖啡所费的钱，要达九十万万[①]金元，二倍于法国，四五倍于比奥英荷，而美国每年每人所需的咖啡量，要十二磅多云云。

喝咖啡的习惯传入于我国大抵在五口通商之后，因为我国大多饮茶，不必咖啡，至今如此。

关于咖啡，也多笑话，我在东京曾听见神田町一家咖啡饮食店的一个笑话。

据说那家咖啡店有若干时候，每天待收市之后，将所存余的咖啡茶，送给附近的工人喝。

工人因为白喝咖啡，自然天天享受，可是工厂里，发现工人做工时都是没精神，一点不起劲，然而工人平日的行为又都是个个中规中矩。

工厂管理人几经调查，总找不出工人颓丧的原因来。

后来发现工人都在咖啡店里白喝咖啡，尽量地喝，喝得那么

---

① 九十万万：指九十亿。万万，一万个万，即亿。

多，以致每个白喝咖啡的工人，夜夜失眠了，于是白天工作便毫无精神。

工厂主人便跑到法庭控告咖啡店企图谋害工人，而致工厂大受损失。

但咖啡店的免费赠饮咖啡，也不知道会闹出很大的笑话，当然不肯担当谋害工人的存心的。后来那家咖啡店停止赠喝才了结。

咖啡和茶这两种饮料，原来都有兴奋的作用，从好的方面说，服后能减少疲劳，使神志清晰，加强脑力与体力，增加血压而觉得温暖；从坏的方面说，则易失眠或神经过敏，头痛，心悸及间歇状态。消化不良或便秘等疾，也有原因于饮茶或咖啡的过量。

说茶

杜菁

四月初，江南冗长的梅雨季尚未到来，徽州的雨就已酥润地下起来。无风时，雨丝直直地自瓦檐向下落，水滴而不断。百无聊赖之际，孤立于廊庑下，用手接雨玩耍，触感清凉，如咀嚼院隅栽种的薄荷叶。

徽州山多地少，雨水丰沛，地势与气候俱应一则古谚："自古秀山，多出灵草，江南湿温，尤宜种茶。"村子里有位关系熟络的姐姐，家里数亩茶地。每年清明前夕，无论晴雨，凌晨四点就要起床去采茶。一直劳作到下午三点，用尼龙口袋兜盛当日现摘的茶芽，骑电瓶车赶去县城通往屯溪的路口，那里聚满集中买茶的商贩。去晚了价钱则被降得极低。农人靠土地、时令吃饭，作物不等人。不追赶质量上乘的时间采摘，付出的辛苦将无法跟收获成正比。

此地首要种植的茶叶品种为绿茶，声名在外的如毛峰、猴魁、屯绿之类。《歙县志》内有一段关于黄山毛峰的撰记：“毛峰，芽茶也，南则陔源，东则跳岭，北则黄山，皆地产，以黄山为最著，色香味非他山所及。而红茶则以祁门为最。”

唐代张途《祁门县新修阊门溪记》载，祁门地区“千里之内，业于茶者七八矣”，但当时祁门一代以栽种绿茶为主。直至光绪初年，从福建罢官归里的黟县人余干臣，发现“槠叶种”茶树适宜制作红茶，便仿闽红的制作法改制红茶。于历口、闪里开设分庄，向园户传授红茶制法，祁红声誉，从此鹊起。

与祁门县一家甜品店店主闲谈，获知当地人的平均工资水平基本在两千元左右，普通家庭难消受高价位的祁红。住在山里的徽州人日常饮茶皆是些无须刻意打理的山野粗茶，从采摘、杀青、揉捻、干燥，全部自给自足。虽日日布衣蔬食，未见他们脸上有何愁容。

聊到尽兴处，对方送我一杯自家栽种的高山黄菊。香味清雅，口感甘润，与市面上销售的各类黄菊品种的确不同。

采茶季伴随清明的到来，终于食到心念已久的艾粿，它是一种南方清明食用的糕点。糯米水磨成粉，山中野艾入锅加水熬汁，再和粉揉成面团。其后捏成中厚外薄的饼状，包上黑芝麻酱或豆沙泥，最后将面饼按压入模具，磕出即成。压饼模具多为枣木制，其上雕刻的花色繁多，写一些祈福禳灾的吉祥话，无非为取个好兆头。刚出笼的艾粿通体碧绿，随时间流逝绿意逐渐变深，后成墨绿。食之有雨后青草香。

柳宗悦《工艺之道》一书中，曾提及“茶人”这项与茶有关的独特职业。接触不深者，大抵会片面地将“茶人”理解为特指熟练掌握采茶、制茶工艺，精于茶道之人。其实不然。能做到与“茶人”称呼相配者，必然是茶对于他们个体的情操修养，日常生活，乃至人生轨迹皆产生深远影响的人。不仅拥有一项技能那么简单。

结识一位茶人，他给自己取名“茶仆”。在春寒料峭的山坞设茶席，周围铺摆鲜花，身侧传来潺潺溪流声。他是大理人，世代以种茶为生。外形似僧，自己种茶、采茶、制茶，茶叶用尽，就再回大理。偶尔因嗅觉较常人敏感而略感苦恼。茶是他的信仰，他经由茶去观察世界，思考涉及生命的各种问题。

用他的话而言：这些席间落座的人，不管是一呼一吸的吞吐纳气，或每一秒转瞬即逝的神情，抑或一举一动间，你是哪种性格的人，是否安住此刻，都将泄露无疑。面对茶，没有人能够说谎。这的确是一段颇为新鲜奇妙的说法，印象深刻，遂记录于此。那日被编成辫状的茶叶，唤作“千叶”。

回想自己饮过的绝品茶是一位长辈收藏的陈年普洱，仅那张破旧的包装纸便价格不菲。个人偏爱普洱，半发酵茶，温醇浓郁，体寒或减肥者宜饮。好普洱的滋味却难以形容，不过听到一个非常生动恰当的比喻，出自与我同饮普洱的长辈。他形容道：“像不像墙根土味儿。”语毕，我们二人相视着大笑起来。

一次去山中徒步，偶遇一片茶园。席地坐在园中的一段蜿蜒石阶上，晾干身上的汗。“我详细揣摩山的形款、水的流法、人的笑容是不是跟你一样那么美丽。”一路聆听林生祥弹唱的《种树》，神清气爽地下山去。

漫道尽这些涉茶的回忆。

辑七

看山还是山，看水还是水

孤独是生命圆满的开始，
没有与自己独处的经验，
不会懂得和别人相处。

孤独是生命圆满的开始①

蒋勋

生命的意义

生命真的有意义吗？儒家文化一定强调生命是有意义的，但对存在主义而言，存在是一种状态，本质是存在以后慢慢找到的，没有人可以决定你的本质，除了你自己。所以存在主义说“存在先于本质”，必须先意识到存在的孤独感，才能找到生命的本质。

在七〇年代，我上大学的时候，存在主义是非常风行的哲学，不管是通过戏剧、通过文学。例如当时有一部戏剧是贝克特的《等待戈多》，两个人坐在荒原上，等待着一个叫作Godot（中文译为戈多，Godot是从God演变而来，意指救世主）的

① 本文整合自蒋勋《孤独六讲》。

人，等着等着，到戏剧结束都没有等到。生命就是在荒芜之中度过，神不会来，救世主不会来，生命的意义与价值也没有来。我们当时看了，都感动得不得了。

从小到大，我们都以为生命是有意义的，父母、老师等所有的大人都在告诉我们这件事，包括我自己在当了老师之后，都必须传递这个信息，我不能反问学生说：“如果生命没有意义，值得活吗？”但我相信，我如果这么问，我和这个学生的关系就不会是师生，而是朋友，我们会有很多话可以讲。

如果你问我：“生命没有意义，你还要活吗？”我不敢回答。文学里常常会呈现一个无意义的人，但是他活着；例如卡夫卡的《变形记》用一个变成甲虫的人，来反问我们：如果有一天我们变成一只昆虫，或是如鲁迅《狂人日记》所说，人就是昆虫，那么这个生命有没有意义？我想，有没有可能生命的意义就是在寻找意义的过程，你以为找到了，却反而失去意义，当你开始寻找时，那个状态才是意义。现代的文学颠覆了过去“生下来就有意义”的想法，开始无止境地寻找，很多人提出不同的看法，都不是最终的答案，直到现在，人们还是没有找到真正的答案。

陈凯歌的《黄土地》里，那群生活在一个荒凉的土地上，像土一样，甚至一辈子连名字都没有的人，他们努力地活着，努力地相信活着是有意义的，或许就是另一种形式的生命意义。然而，不管生命的意义为何，如果强把自己的意义加在别人身上，那是非常恐怖的事。我相信，意义一定要自己去寻找。

如果婴儿出世后，尚未接触到母亲前，就被注射一支针，结束了生命，那么，他的生命有意义吗？存在主义的小说家加缪（Albert Camus）有过同样的疑惑，他在小说里提出，如果婴儿立刻死掉，他会上天堂还是下地狱？他问的是生命非常底层的问题。

那个年代我们读到这些书时，感到非常震撼，群体文化不会问出这样的问题，因为会很痛，你看到所有的报道都是那么荒谬，是谁恶意为之的吗？不是，所以群体文化无法讨论“荒谬”这个问题，而存在主义则把它视为重要的命题。

活出孤独感

竹林七贤之嵇康娶了公主为妻，是皇家的女婿，但他从没有利用驸马爷的身份得名得利，到了四十岁时遭小人陷害，说他违背社会礼俗，最后被押到刑场砍头。他究竟做了什么伤风败俗的事？不过就是夏天穿着厚棉衣在柳树下烧个火炉打铁。这不是特立独行吗？这不是和群体的理性文化在对抗吗？而这是法律在判案还是道德在判案？

嵇康被押上刑场的罪状是“上不臣天子，下不事王侯，轻时傲世，无益于今，有败于俗”，这个罪状留在历史里，变成所有人的共同罪状——我们判了一个特立独行者的死刑。

嵇康四十岁上了刑场，幸好有好友向秀为他写了《思旧赋》，写到他上刑场时，夕阳在天，人影在地。嵇康是一个美男子，身长七尺八寸，面如冠玉，当他走出来时，所有人都被惊动，因为他是个大音乐家，在临刑前，三千太学生还集体跪下求教，然而，嵇康弹了一曲《广陵散》后叹曰：“广陵散于今绝矣！”

有人说，嵇康怎么这么自私，死前还不肯将曲谱留下？但嵇康说，不是每一个人都配听《广陵散》。如果活不出孤独感，如果做不到特立独行，艺术、美是没有意义的，不过就是附庸风雅而已。

每次读向秀写的《思旧赋》总会为之动容，生命孤独的出走，却整个粉碎在群体文化的八股教条之下。

竹林七贤的孤独感，毕竟曾经在文化中爆放出一点点的光彩，虽然很快就被掩盖了，在一个大一统的文化权威下，个人很快就隐没在群体中，竹林七贤变成了旁人不易理解的疯子，除了疯子谁会随身带把锄头，告诉别人，我万一死了，立刻就可以把我给埋葬？

然而，孤独感的确和死亡脱离不了关系。

生命本质的孤独

儒家的群体文化避谈死亡一如避谈孤独，一直影响到我母亲那一代腊月不谈“死”或谐音字的禁忌。即使不是腊月，我们也会用各种字来代替“死”，而不直接说出这个字，我们太害怕这个字，它明明是真实的终结，但我们还是会用其他的字代替：去世、过世、西归、仙游、升天……都是美化“死”的字词。

死亡是生命本质的孤独，无法克服的宿命。法国存在主义哲学家萨特说过，人从出生那一刻起，就开始走向死亡。他有一篇很精彩的小说《墙》，写人在面对死亡时的反应。他一直在探讨死亡，死亡是这么真实。庄子也谈死亡，他最喜欢做的事就是凝视一个骷髅，最后他就枕着骷髅睡觉。睡着之后，骷髅就会对他说话，告诉他当年自己是个什么样的人。这是庄子迷人的地方，他会与死亡对话。

相反地，孔子好不容易有个特立独行的学生，问他死亡是什么？马上就挨骂了：“未知生，焉知死”，可是，怎么可能不问死亡呢？死亡是生命里如此重要的事情，一个文化如果回避了死亡，其实是蛮软弱了。儒家文化固然有乐观、积极、奋进的一面，但是我觉得儒家文化最大的致命伤，就是始终不敢正视死亡。

儒家谈死亡非得拉到一个很大的课题上，如“舍生取义”“杀身成仁”，唯有如此死亡才有意义。所以我们自小接受的训练就是要用这样的方式死亡，可是人的一生有多少次这种机会？

小时候我总是认为，如果看到有人溺水，就要不假思索地跳下去救他，不管自己会不会游泳，如果不幸溺死了，人们会为我立一个铜像，题上“舍生取义”。

一个很伟大的哲学最后变成一个很荒谬的教条。

如果在生命最危急的情况下，对其感到不忍、悲悯而去救助，甚至牺牲自己的生命，绝对是人性价值中最惊人的部分。但是，如果是为了要“成仁”而“杀身”，就变成一个值得思考的问题了。

就好比，如果我背上没有“精忠报国”这四个字，我是不是就不用去报国了？

孤独是生命圆满的开始

很有趣的是，在我自己出版的作品里，销路比较好的都是一些较为温柔敦厚者。我有温柔敦厚的一面，例如会帮助晚上跳墙的学生回去，写在小说里就是有一个皆大欢喜的圆满结局。我也有叛逆的一面，如《因为孤独的缘故》《岛屿独白》两本作品，却只获得少数人的青睐——我很希望能与这些读者交流，让我更有自信维持自己的孤独，因为我一直觉得，孤独是生命圆满的开始，没有与自己独处的经验，不会懂得和别人相处。

所以，生命里第一个爱恋的对象应该是自己，写诗给自己，与自己对话，在一个空间里安静下来，聆听自己的心跳与呼吸，我相信，这个生命走出去时不会慌张。相反地，一个在外面如无头苍蝇乱闯的生命，最怕孤独。七〇年代，我在法国时读到一篇报道，社会心理学家发现巴黎的上班族一回到家就打开电视、打开收音机，他们也不看也不听，只是要有个声音、影像在旁边；这篇报道在探讨都市化后的孤独感，指出在工商社会里的人们不敢面对自己。

我们也可以自我检视一下，在没有声音的状态下，你可以安静多久？没有电话、传真，没有电视、收音机，没有电脑、网络的环境中，你可以怡然自得吗？

后来我再回到法国去，发现法国人使用电脑的情况不如我们的普遍，我想那篇报道及早提醒了人与自己、与他人相处的重要性。所以现在你到巴黎去，会觉得很惊讶，他们家里没有电视，很少人会一天二十四小时带着手机。

有时候你会发现，速度与深远似乎是冲突的，当你可以和自己对话，慢慢地储蓄一种情感、酝酿一种情感时，你便不再孤独；而当你不能这么做时，永远都在孤独的状态，你跑得愈快，孤独追得愈紧，你将不断找寻柏拉图寓言中的另外一半，却总是觉得不对；即使最后终于找到“对的”另外一半，也失去耐心，匆匆就走了。

“对的”另外一半需要时间相处，匆匆来去无法辨认出另外一半的真正面目。我们往往会列出一堆条件来寻找符合的人，身高、体重、工作、薪水……，网络交友尤其明显，只要输入交友条件，便会跑出一长串的名单，可是感觉都不对。

凡所有你认为可以简化的东西，其实都很难简化，反而需要更多时间与空间。与自己对话，使这些外在的东西慢慢沉淀，你将会发现，每一个人都可以是你的另外一半。因为你会从他们身上找到一部分与生命另外一半相符合的东西，那时候你将更不孤独，觉得生命更富有、更圆满。

又是一年芳草绿

老舍

悲观有一样好处，它能叫人把事情都看轻了一些。这个可也就是我的坏处，它不起劲，不积极。您看我挺爱笑不是？因为我悲观。悲观，所以我不能板起面孔，大喊：“孤——刘备！”我不能这样。一想到这样，我就要把自己笑毛咕[1]了。看着别人吹胡子瞪眼睛，我从脊梁沟上发麻，非笑不可。我笑别人，因为我看不起自己。别人笑我，我觉得应该；说得天好，我不过是脸上平润一点的猴子。我笑别人，往往招人不愿意；不是别人的量小，而是不像我这样稀松，这样悲观。

我打不起精神去积极地干，这是我的大毛病。可是我不懒，凡是我该做的我总想把它做了，总算得点报酬养活自己与家里的人——

① 毛咕：方言。指有所疑惧而惊慌。

往好了说，尽我的本分。我的悲观还没到想自杀的程度，不能不找点事做。有朝一日非死不可呢，那只好死喽，我有什么法儿呢？

这样，你瞧，我是无大志的人。我不想当皇上。最乐观的人才敢做皇上，我没这份胆气。

有人说我很幽默，不敢当。我不懂什么是幽默。假如一定问我，我只能说我觉得自己可笑，别人也可笑；我不比别人高，别人也不比我高。谁都有缺欠，谁都有可笑的地方。我跟谁都说得来，可是他得愿意跟我说；他一定说他是圣人，叫我三跪九叩报门而进，我没这个瘾。我不教训别人，也不听别人的教训。幽默，据我这么想，不是嬉皮笑脸，死不要鼻子。

也不知怎股子劲儿，我成了个写家。我的朋友德成粮店的写账先生也是写家，我跟他同等，并且管他叫二哥。既是个写家，当然得写了。“风格即人”——还是“风格即驴”？——我是怎个人自然写怎样的文章了。于是有人管我叫幽默的写家。我不以这为荣，也不以这为辱。我写我的。卖得出去呢，多得个三块五块的，买什么吃不香呢。卖不出去呢，拉倒，我早知道指着写文章吃饭是不易的事。

稿子寄出去，有时候是肉包子打狗，一去不回头；连个回信也没有。这，咱只好幽默；多咱[①]见着那个骗子再说，见着他，

---

① 多咱：方言词汇，指什么时候。

大概我们俩总有一个笑着去见阎王的。不过，这是不很多见的，要不怎么我还没想自杀呢。常见的事是这个，稿子登出去，酬金就睡着了，睡得还是挺香甜。直到我也睡着了，它忽然来了，仿佛故意吓人玩。数目也惊人，它能使我觉得自己不过值一毛五一斤，比猪肉还便宜呢。这个咱也不说什么，国难期间，大家都得受点苦，人家开铺子的也不容易，掌柜的吃肉，给咱点汤喝，就得念佛。是的，我是不能当皇上，焚书坑掌柜的，咱没那个狠心，你看这个劲儿！不过，有人想坑他们呢，我也不便拦着。

这么一来，可就有许多人看不起我。连好朋友都说："伙计，你也硬正着点，说你是为人类而写作，说你是中国的高尔基；你太泄气了！"真的，我是泄气，我看高尔基的胡子可笑。他老人家那股子自卖自夸的劲儿，打死我也学不来。人类要等着我写文章才变体面了，那恐怕太晚了吧？我老觉得文学是有用的；拉长了说，它比任何东西都有用，都高明。可是往眼前说，它不如一尊高射炮，或一锅饭有用。我不能吆喝我的作品是"人类改造丸"。我也不相信把文学杀死便天下太平。我写就是了。

别人的批评呢？批评是有益处的。我爱批评，它多少给我点益处；即使完全不对，不是还让我笑一笑吗？自己写的时候仿佛是蒸馒头呢，热气腾腾，莫名其妙。及至冷眼人一看，一定看出许多错儿来。我感谢这种指摘。说的不对呢，那是他的错儿，不干我的事。我永不驳辩，这似乎是胆儿小；可是也许是我的宽宏大量。我不便往自己脸上贴金。一件事总得由两面瞧，是不是?

对于我自己的作品，我不拿她们当作宝贝。是呀，当写作的时候，我是卖了力气，我想往好了写。可是一个人的天才与经验是有限的，谁也不敢保了老写得好，连荷马也有打盹的时候。有的人呢，每一拿笔便想到自己是但丁，是莎士比亚。这没有什么不可以的，天才须有自信的心。我可不敢这样，我的悲观使我看轻自己。我常想客观地估量估量自己的才力；这不易做到，我究竟不能像别人看我看得那样清楚；好吧，既不能十分看清楚了自己，也就不用装蒜。谦虚是必要的，可是装蒜也大可以不必。

对做人，我也是这样。我不希望自己是个完人，也不故意地招人家的骂。该求朋友的呢，就求；该给朋友做的呢，就做。做得好不好，咱们大家凭良心。所以我很和气，见着谁都能扯一套。可是，初次见面的人，我可是不大爱说话；特别是见着女人，我简直张不开口，我怕说错了话。在家里，我倒不十分怕太太。可是对别的女人老觉着恐慌，我不大明白妇女的心理；要是信口开河地说，我不定说出什么来呢，而妇女又爱挑眼。男人也有许多爱挑眼的，所以初次见面，我不大愿开口。我最不喜辩论，因为红着脖子粗着筋的太不幽默。我最不喜欢好吹腾的人，可并不拒绝与这样的人谈话；我不爱这样的人，但喜欢听他的吹。最好是听着他吹，吹着吹着连他自己也忘了吹到什么地方去，那才有趣。

可喜的是有好几位生朋友都这么说："没见着阁下的时候，总以为阁下有八十多岁了。敢情阁下并不老。"是的，虽然将奔四十的人，我倒还不老。因为对事轻淡，我心中不大藏着计划，做事也无须要手段，所以我能笑，爱笑；天真的笑多少显着年轻一些。我悲观，但是不愿老声老气的悲观，那近乎"虎事"。我愿意老年轻轻的，死的时候像朵春花将残似的那样哀而不伤。我就怕什么"权威"咧，"大家"咧，"大师"咧，等等老气横秋的字眼们。我爱小孩，花草，小猫，小狗，小鱼；这些都不"虎事"。偶尔看见个穿小马褂的"小大人"，我能难受半天，特别是那种所谓聪明的孩子，让我难过。比如说，一群小孩都在那儿看变戏法儿，我也在那儿，单会有那么一两个七八岁的小老头说："这都是假的！"这叫我立刻走开，心里堵上一大块。世界确是更"文明"了，小孩也懂事懂得早了，可是我还愿意大家傻一点，特别是小孩。假若小猫刚生下来就会捕鼠，我就不再养猫，虽然它也许是个神猫。

我不大爱说自己，这多少近乎"吹"。人是不容易看清楚自己的。不过，刚过完了年，心中还慌着，叫我写"人生于世"，实在写不出，所以就近的拿自己当材料。万一将来我不得已而做了皇上呢，这篇东西也许成为史料，等着瞧吧。

新生活①

胡适

哪样的生活可以叫作新生活呢?

我想来想去，只有一句话：新生活就是有意思的生活。

你听了，必定要问我，有意思的生活又是什么样子的生活呢?

我且先说一两件实在的事情做个样子，你就明白我的意思了。

前天你没有事做，闲得不耐烦了，你跑到街上一个小酒店里，打了四两白干，喝完了，又要四两，再添上四两。喝得大醉了，同张大哥吵了一回嘴，几乎打起架来。后来李四哥来把你拉

① 本文原名《新生活——为〈新生活〉杂志第一期做的》，载于《新生活》杂志第一期。

开，你气忿忿地又要了四两白干，喝得人事不知，幸亏李四哥把你扶回去睡了。昨儿早上，你酒醒了，大嫂子把前天的事告诉你，你懊悔得很，自己埋怨自己："昨儿为什么要喝那么多酒呢？可不是糊涂吗？"

你赶上张大哥家去，作了许多揖，赔了许多不是，自己怪自己糊涂，请张大哥大量包涵。正说时，李四哥也来了，王三哥也来了。他们三缺一，要你陪他们打牌。你坐下来，打了十二圈牌，输了一百多吊钱。你回得家来，大嫂子怪你不该赌博，你又懊悔得很，自己怪自己道："是呵，我为什么要陪他们打牌呢？可不是糊涂吗？"

诸位，像这样子的生活，叫作糊涂生活，糊涂生活便是没有意思的生活。你做完了这种生活，回头一想，"我为什么要这样干呢？"你自己也回不出究竟为什么。

诸位，凡是自己说不出"为什么这样做"的事，都是没有意思的生活。

反过来说，凡是自己说得出"为什么这样做"的事，都可以说是有意思的生活。

生活的"为什么"，就是生活的意思。

人同畜生的分别，就在这个"为什么"上。你到万牲园里去看那白熊一天到晚摆来摆去不肯歇，那就是没有意思的生活。我们做了人，应该不要学那些畜生的生活。畜生的生活只是糊涂，只是胡混，只是不晓得自己为什么如此做。一个人做的事应该件件事回得出一个“为什么”。

我为什么要干这个？为什么不干那个？回答得出，方才可算是一个人的生活。

我们希望中国人都能做这种有意思的新生活。其实这种新生活并不十分难，只消时时刻刻问自己为什么这样做，为什么不那样做，就可以渐渐地做到我们所说的新生活了。

诸位，千万不要说“为什么”这三个字是很容易的小事。你打今天起，每做一件事，便问一个为什么——为什么不把辫子剪了？为什么不把大姑娘的小脚放了？为什么大嫂子脸上搽那么多的脂粉？为什么出棺材要用那么多叫花子？为什么娶媳妇也要用那么多叫花子？为什么骂人要骂他的爹妈？为什么这个？为什么那个？——你试办一两天，你就会觉得这三个字的趣味真是无穷无尽，这三个字的功用也无穷无尽。

诸位，我们恭恭敬敬地请你们来试试这种新生活。

被批评

杨振声

“举世而誉之而不加劝，举世而非之而不加沮”，那是至人。常人之情，总不免为批评所动。不但为批评所动，且从批评之中认识自己。又不但从批评之中认识自己，还从批评之后，勉励自己。

婴儿学步，居然晃晃荡荡迈上两脚，“妈妈……看！”妈妈若不看或看了不加称赞，他便扑在地上打滚，嘤嘤啜泣。自此以后，他便入了批评的羁缰，受着批评的鞭策了，偏又不觉其为羁缰、为鞭策。他说话要听旁人的反响，他做事要看旁人的反应。他从旁人的话中，认识自己的话；从旁人的行为中，认识自己的行为。又从认识自己的话与行为之总和中，找到了他自己。换言之，他所以能认识他自己，是以旁人作个镜子。不过他自少至老，所照的并不只是一面镜子：幼时在家庭，父母是他的镜子；少时在学校，先生是他的镜子；长时入社会，朋友又是他的镜子。他的镜子可以放大到一乡一国，到世界，到往古，到来今，他的镜子随着他的人格放大而放大。然而，他总是有一面镜子。“藏之名山，传之其人。”也还有其理想中之“其人”是他的镜子。

批评既为他人对于同一事或物之另一种看法，则批评总是“他山之石，可以攻玉”的。然而常人之情，对于是我者则易于接受，对于非我者则易于拒绝。夫接受其是我者而拒绝其非我者，批评对于我便无益而有损——“满招损”也。有的人虚荣心既很大，自身批评的能力又很小。做一件事，说一句话，满心满意希望人家批评他——其实他希望的是称赞。无奈其话其事又恰恰与其希望相反，到处求批评、到处碰钉子之后，他便养成一种虚矫的自封。凡事又怕人批评，一遇批评就面红耳赤地辩护。辩护不胜，又从而躲避批评，凡有批评，一概不理。最后他且养成一种自暴自弃的自是心。他明知他未必是，却偏要自己说是。人家并未批评他，他先就自己辩护。碰到这种人，你一句招惹不得，批评反是害了他也。

能容纳旁人不同的意见是雅量，能使旁人尽言的是风度，至于取人之长补己之短的那简直是超脱，超脱才真能接受批评。固执自己的意见是不超脱，拘泥于旁人的批评也是不超脱。把自己的事一定看作不比旁人的事是不超脱。把旁人的话，一定看作不如自己的话也是不超脱。就事论事，总有合不合，不管是自己的事或是旁人的事；就话论话，总有对不对，也不管是自己的话或是旁人的话。事有以不合为合，合为不合；话有以不对为对，对为不对者，并不是事与话的本身容易混淆，使之混淆的是感情。感情起于爱护自己：爱护自己的话，便不能静气听旁人的话；爱护自己的事，便不能平心论旁人的事。我爱护我的事与话，旁人又何尝不爱护他的事与话？感情引起感情，分量增加分量。事的合不合，话的对不对，全不是那么一回事。感情吞噬了是非，湮没了批评。如是而真的批评，遂不为人间所有。

本来事不必为己，既为人，则人家应该有批评；话说给旁人听，旁人也应该有个爱听不爱听。若拿自己看旁人之事，听旁人之话的态度来看自己之事，听自己之话，必可原谅旁人看自己之事，听自己之话的态度了；若拿自己看自己之事、听自己之话的态度，去看旁人之事、听旁人之话，也必能原谅旁人之事与旁人之话了。自己的事与话，过后想起来，好笑的正多。是今日的自己可以非笑昨日的自己；明日的自己又可以非笑今日的自己。这全在其间的一点距离。假使我们能把自己的事与话，与自己中间隔上一点距离，这便是超脱，这便是接受批评的一种态度。

学问之趣味

梁启超

我是个主张趣味主义的人，倘若用化学化分“梁启超”这件东西，把里头所含一种元素名叫“趣味”的抽出来，只怕所剩下仅有个〇了。我以为凡人必常常生活于趣味之中，生活才有价值。若哭丧着脸挨过几十年，那么，生命便成沙漠，要来何用？中国人见面最喜欢用的一句话：“近来做何消遣？”这句话我听着便讨厌。话里的意思，好像生活得不耐烦了，几十年日子没有法子过，勉强找些事情来消他遣他。一个人若生活于这种状态之下，我劝他不如早日投海！我觉得天下万事万物都有趣味，我只嫌二十四点钟不能扩充到四十八点，不够我享用。我一年到头不肯歇息，问我忙什么？忙的是我的趣味。我以为这便是人生最合理的生活，我常常想运动[1]别人也学我这样生活。

凡属趣味，我一概都承认它是好的。但怎么样才算趣味，不能不下一个注脚。我说："凡一件事做下去不会生出和趣味相反的结果的，这件事便可以为趣味的主体。"赌钱趣味吗？输了怎么样？吃酒趣味吗？病了怎么样？做官趣味吗？没有官做的时候怎么样？……诸如此类，虽然在短时间内像有趣味，结果会闹到俗语说的"没趣一齐来"，所以我们不能承认它是趣味。凡趣味的性质，总要以趣味始以趣味终。所以能为趣味之主体者，莫如下列的几项：一、劳作；二、游戏；三、艺术；四、学问。诸君听我这段话，切勿误会，以为我用道德观念来选择趣味。我不问德不德，只问趣不趣。我并不是因为赌钱不道德才排斥赌钱，因为赌钱的本质会闹到没趣，闹到没趣便破坏了我的趣味主义，所以排斥赌钱；我并不是因为学问是道德才提倡学问，因为学问的本质能够以趣味始以趣味终，最合于我的趣味主义条件，所以提倡学问。

学问的趣味，是怎么一回事呢？这句话我不能回答。凡趣味总要自己领略，自己未曾领略得到时，旁人没有法子告诉你。佛典说的："如人饮水，冷暖自知。"你问我这水怎样的冷，我便把所有形容词说尽，也形容不出给你听，除非你亲自喝一口。我

① 运动：发动；动员。

这题目——《学问之趣味》，并不是要说学问如何如何有趣味，只要如何如何便会尝得着学问的趣味。

诸君要尝学问的趣味吗？据我所经历过的，有下列几条路应走：

第一，无所为。趣味主义最重要的条件是“无所为而为”。凡有所为而为的事，都是以另一件事为目的而以这件事为手段。为达目的起见，勉强用手段，目的达到时，手段便抛却。例如学生为毕业证书而做学问，著作家为版权而做学问，这种做法，便是以学问为手段，便是有所为。有所为虽然有时也可以为引起趣味的一种方便，但到趣味真发生时，必定要和“所为者”脱离关系。你问我：“为什么做学问？”我便答道：“不为什么。”再问，我便答道：“为学问而学问。”或者答道：“为我的趣味。”诸君切勿以为我这些话掉弄虚机，人类合理的生活本来如此。小孩子为什么游戏？为游戏而游戏；人为什么生活？为生活而生活。为游戏而游戏，游戏便有趣；为体操分数而游戏，游戏便无趣。

第二，不息。“鸦片烟怎样会上瘾？”“天天吃。”“上瘾”这两个字，和“天天”这两个字是离不开的。凡人类的本能，只要那部分搁久了不用，它便会麻木会生锈。十年不跑路，两条腿一定会废了；每天跑一点钟，跑上几个月，一天不得跑时，腿便发痒。人类为理性的动物，“学问欲”原是固有本能之一种；只怕你出了学校便和学问告辞，把所有经管学问的器官一齐打落冷宫，把学问的胃弄坏了，便山珍海味摆在面前也不愿意动筷子。诸君啊！诸君倘若现在从事教育事业或将来想从事教育事业，自然没有问题，很多机会来培养你学问胃口。若是做别的职业呢？我劝你每日除本业正当劳作之外，最少总要腾出一点钟，研究你所嗜好的学问。一点钟哪里不消耗了？千万别要错过，闹成“学问胃弱”的症候，白白自己剥夺了一种人类应享之特权啊！

第三，深入地研究。趣味总是慢慢地来，越引越多；像倒吃甘蔗，越往下才越得好处。假如你虽然每天定有一点钟做学问，但不过拿来消遣消遣，不带有研究精神，趣味便引不起来。或者今天研究这样明天研究那样，趣味还是引不起来。趣味总是藏在深处，你想得着，便要入去。这个门穿一穿，那个窗户张一张，再不会看见“宗庙之美，百官之富”，如何能有趣味？我方才说：“研究你所嗜好的学问。”嗜好两个字很要紧。一个人受过相当的教育之后，无论如何，总有一两门学问和自己脾胃相合，而已经懂得大概，可以作加工研究之预备的。请你就选定一门作为终身正业（指从事学者生活的人说），或作为本业劳作以外的副业（指从事其他职业的人说）。不怕范围窄，越窄越便于聚精神；不怕问题难，越难越便于鼓勇气。你只要肯一层一层地往里面钻，我保你一定被它引到“欲罢不能”的地步。

第四，找朋友。趣味比方电，越摩擦越出。前两段所说，是靠我本身和学问本身相摩擦，但仍恐怕我本身有时会停摆，发电力便弱了。所以常常要仰赖别人帮助。一个人总要有几位共事的朋友，同时还要有几位共学的朋友。共事的朋友，用来扶持我的职业；共学的朋友和共玩的朋友同一性质，都是用来摩擦我的趣味。这类朋友，能够和我同嗜好一种学问的自然最好，我便和他打伙[①]研究。即或不然，他有他的嗜好，我有我的嗜好，只要彼此都有研究精神，我和他常常在一块或常常通信，便不知不觉把彼此趣味都摩擦出来了。得着一两位这种朋友，便算人生大幸福之一。我想只要你肯找，断不会找不出来。

我说的这四件事，虽然像是老生常谈，但恐怕大多数人都不曾会这样做。唉！世上人多么可怜啊！有这种不假外求，不会蚀本，不会出毛病的趣味世界，竟自没有几个人肯来享受！古书说的故事“野人献曝”，我是尝冬天晒太阳的滋味尝得舒服透了，不忍一人独享，特地恭恭敬敬地来告诉诸君。诸君或者会欣然采纳吧？但我还有一句话：太阳虽好，总要诸君亲自去晒，旁人却替你晒不来。

---

① 打伙：结伴；合伙。

种种可爱

张晓风

作为一个小市民有种种令人生气的事——但幸亏还有种种可爱，让人忍不住地高兴。

中华路有一家卖蜜豆冰的——蜜豆冰原来是属于台中的东西（木瓜牛奶也是），但不知什么时候台北也都有了——门前有一副对联，对联的字写得普普通通，内容更谈不上工整，却是情婉意贴，令人动容。

上句是：我们是来自纯朴的小乡村。

下句是：要做大台北无名的耕耘者。

店名就叫“无名蜜豆冰”。

台北的可爱就在各行各业间平起平坐的大气象。

永康街有一家卖面的，门面比摊子大，比店小，常在门口换广告词，冬天是“100℃的牛肉面”。

春天换上“每天一碗牛肉面，力拔山河气盖世”。

这比“日进斗金”好多了，我每看一次简直就对白话文学多生出一份信心。

有一天在剧场里遇见孟瑶，请她去喝豆浆，同车去的还有俞大纲老师和陈之藩夫人，他们都是戏剧家，很高兴地纵论地方剧，忽然，那驾驶员说：

“川剧和湖北戏也都是有帮腔的呀！”

我肃然起敬，不是为他所讲的话，而是为他说话的架势，那种与一代学者比肩谈话也不失其自信的本色。

台北的人都知道自己有讲话的份，插嘴的份。

好几年前，我想找一个洗衣兼打扫的半工，介绍人找了一位洗衣妇来。

“反正你洗完了我家也是去洗别人家的，何不洗完了就替我打扫一下，我会多算钱的。”

她小声地咕哝了一阵，介绍人郑重宣布：

“她说她不扫地——因为她的兴趣只在洗衣服。”

我起先几乎大笑，但接着不由一凛，原来洗衣服也可以是一个人认真的“兴趣”。

原来即使是在“洗衣”和“扫地”之间，人也要有其一本正经的抉择——有抉择才有自主的尊严。

带一位香港的朋友坐计程车去找一个地方，那条路特别不好找，计程车司机找过了头，然后又折回来。

下车的时候，他坚持要扣下多绕了冤枉路的钱。

“是我看错才走错的，怎么能收你们的钱？”

后来死推活拉，总算用折中的办法，把争执的差额付了。香港的朋友简直看得愣住了，我觉得大有面子。

祝福那位司机。

我家附近有一个卖水果的，本来卖许多种水果，后来改了，只卖木瓜，见我走过，总要说一句：

“老师，我现在卖木瓜了——木瓜专科。”

又过了一阵，他改口说：

“老师，现在更进步了，是木瓜大学了。”

我喜欢他那骄矜自喜的神色，喜欢他四个肤色润泽的活蹦乱跳的孩子——大概都是木瓜大学作育有功吧？

隔巷有位老太太，祭祀很诚，逢年过节总要上供，有一天，我经过她设在门口的供桌，大吃一惊，原来她上供的主菜竟是洋芋沙拉，另外居然还有罐头。

后来想，倒也发觉她的可爱，活人既然可以吃沙拉和罐头，让祖宗或神仙换换口味有何不可？

她的没有章法的供菜倒是有其文化交流的意义。

从前，在中华路平交道口，总是有个北方人在那里卖大饼，我从来没有见过那种大饼整个一块到底有多大，但从边缘的弧度看来直径总超过二尺。

我并不太买那种饼，但每过几个月我总不放心地要去看一眼，我怕吃那种饼的人愈来愈少，卖饼的人会改行，我这人就是“不放心”（和平东路拓宽时，我很着急，生怕师大当局一时兴起，把门口那开满串串黄花的铁刀木砍掉，后来一探还在，高兴得要命）。

那种硬硬厚厚的大饼对我而言差不多是有生命的，北方黄土高原上的生命，我不忍看它在中华路慢慢绝种。

后来不知怎么搞的，忽然满街都在卖那种大饼，我安心了，真可爱，真好，有一种东西暂时不会绝种了！

华西街是一条好玩的街，儿子对毒蛇发生强烈兴趣的那一阵子我们常去。我们站在毒蛇店门口，一家一家地去看那些百步蛇、眼镜蛇、雨伞蛇……

“那条蛇毒不毒？”我指着一条又粗又大的问店员。

“不被咬到就不毒！”

没料到是这样一句回话，我为之暗自惊叹不已。其实，世事皆可作如是观：有浪，但船没沉何妨视作无浪；有陷阱，但人未失足，何妨视作坦途。

我常常想起那家蛇店。

有一天在一家公司的墙上看到这样一张小纸条：

“请随手关灯，节约能源，支援十大建设。”

看了以后，一下子觉得十大建设好近好近，好像就是家里的事，让人觉得就像自家厨房里要添抽风机，或浴室里要添热水炉，或饭厅里要添冰箱的那份热闹亲切的喜气——有喜气就可以省着过日子，省得扎实有希望。

为了整修“我们咖啡屋”，我到八斗子渔港去买渔网，渔网是棉纱的，用山上采来的一种植物染成赭红色，现在一般都用尼龙的了，那种我想要的老式的棉纱渔网已成古董。

终于找到一家有老渔网的，他们也是因为舍不得，所以许多年来一直没丢，谈了半天，他们决定了价钱：

“二角三！”

二角三就是二千三百元新台币的意思，我只听见城里市面上的生意人把一万说成一块，没想到在偏僻的八斗子也是这样说的，大家说到钱的时候，全都不当回事，总之是大家都有钱了，把一万元说成一块钱的时候，颇有那种偷偷地志得意满而又谦逊不露的劲头。

有一阵子，我的公交月票掉了，还没补办好再买的手续以前，我只好每次买票——但是因为平时没养成那份习惯，每看见车来，很自然地跳上去了，等发现自己没有月票，已经人在车上了。

这种时候，车掌多半要我就便在车上跟其他乘客买票——我买了，但等我付钱时那些卖主竟然都说：“算了，不要钱了。”

一次犹可，连着几次都是这样，使我着急起来，那么多好人，令人“无所逃于天地之间”，长此以往，我岂不成了“免费乘车良策”的发明人了，老是遇见好人也真是让人非常吃不消的事。

我的月票始终没去补办，不过却幸运地被捡到的人辗转寄回来了，我可以高高兴兴地不再受惠于人了——不过偶然想起随便在车上都能遇见那么多肯施惠于人的好人，可见好人倒也不少，台北究竟还是个适合人住的地方。

在一家最大规模的公立医院里，看到一个牌子，忍不住笑了起来，那牌子上这样写着：

“禁止停车，违者放气。”

我说不出的喜欢它！

老派的公家机关，总不免摆一下衙门脸，尽量在口气上过官瘾，碰到这种情形，不免要说：

“违者送警”或“违者法办”。

美国人比较干脆，只简简单单地两个大字“NO Parking”——“勿停”。

但口气一简单就不免显得太硬。

还是“违者放气”好，不凶霸不懦弱，一点不涉于官方口吻，而且憨直可爱，简直有点孩子气的作风——而且想来这办法绝对有效。

有个朋友姓李，不晓得走路的习惯是偏于内八字或外八字——总之，他的鞋跟老是磨得内外侧不一样厚。

他偶然找到一个鞋匠，请他换鞋跟，很奇怪的，那鞋匠注视了一下，居然说："不用换了，只要把左右互调一下就是了，反正你的两块鞋跟都还有一半是好用的！"

朋友大吃一惊，好心劝告他这样处处替顾客打算，哪里有钱赚，他却也理直气壮：

"该赚的才赚，不该赚的就不赚——这块鞋底明明还能用。"

朋友刮目相看，然后试探性地问他：

"为国家做了一辈子事，退了役还得补鞋，政府真对不起你。"

"什么？人人要这样一想还得了，其实只有我们对不起政府，政府哪有什么对不起我们的。"

朋友感动不已，嗫嗫嚅嚅地表示要送他一套旧西装（他真的怕会侮辱他），他倒也坦然接受了。

不知为什么，朋友说这故事给我听的时候，我也不觉陌生，而且真切得有如今天早晨我才看过那老鞋匠似的。

有一次在急诊室看医生救病人，病人已经昏迷了，氧气罩也没用了。医生狠劲地用一个类似皮球的东西往里面压缩氧气。

至少是呼吸系统有毛病。

两个医生轮流压，像打仗似的。

渐渐地，他清醒了，但仍说不出话来，医生只好不断发问，让他点头摇头，大概问十几个问题，才碰得上一个点头的答案。

他是在路上发病的，一个亲人也没有，送他来的是一个不相干的人。

后来发现他可以写字——虽然他眼睛一直是闭着的。

医生问他的病历，问他是不是服过某些成药，问他现在的感觉，忽然，那医生惊喜地叫了一声：

“写下去，写下去，再写！你写得真好——哎，你的字好漂亮。”

整个急救的过程，我都一面看一面佩服，但是当他用欢呼的声音去赞美那病人不成笔画的字的时候，我却为之感动得哽咽起来。

病人果真一路写下去。

也许那病人想起了什么，虽然闭着眼睛，躺在床上仰面而写，手是从生死边缘被救回来的颤抖不已的手——但还有人在赞美他的字！也许是颜体的，也许是柳体，也许什么都不是，只是一个活着的人写的字，可贵的是此刻他的字是“被赞美的字”。

那医生救人的技能来自课本，但他赞美病人的字迹却来自智慧和爱心，后者更足以使整个急救室像殿堂一样地神圣肃穆起来。

有一位父执辈，颇有算八字的癖好，谁家有了刚生的孩子，他总要抢来时辰，免费服务一番——那是他难得的实习机会。

算久了，他倒有一个发现，现代孩子的命普遍比老一辈好，他又去找同道证实，得到的结论也都一样，他于是很高兴，说：

“世道一定是好的了，要不是世道好，哪有那么多命好的孩子？”

我自己完全不知道八字是怎么一回事，但听到他的话仍不免欢欣雀跃，甚至肃然起敬——为那些一面在排着神秘的八字，一面又不忘忧心世事的人。

在澄清湖的小山上爬着，爬到顶，有点疑惑不知该走哪一条路回去，问道于路旁的一个老兵。

那人简直不会说话得出奇，他说：

“看到路——就走，看到路——就走，再看到路——再走，就到了。”

我心里摇头不已，怎么碰到这么呆的指路人！

赌气回头自己走，倒发现那人说得也没错，的确是“看到路——就走”，渐渐地，也能咀嚼出一点那人言语中的诗意来，天下事无非如此，“看到路——就走”，哪有什么一定的金科玉律，一部二十五史岂不是有路就走，没有路就开路，原来万物的事理是可以如此简单明了——简单明了得有如呆人的一句呆话。

西谚说，把幸运的人丢到河里，他都能口衔宝物而归。我大概也是幸运的人，生活在这座城里，虽也有种种倒霉事，但奇怪的是，我记得住的并且在心中把玩不已的全是这些可爱的片段！这些从生活的渊泽里捞起来的种种不尽的可爱。

生命是用来挥霍的

池莉

大约是在三年前？或者四年前？或者五年前？我记不清楚了。自从离开学校的数学考试之后，我再也不去记忆任何数字。岁月、金钱、年龄——所有阿拉伯数字，在我这里，一律都是含糊不清的符号。对于我来说，所有数字都没有重要意义，数字记载积累，提醒囤积，而我的生命就是用来挥霍的。

文字才是我的钟情，是我自童年以来唯一属于自己的玩具，因此，文字对我的意义远远不只是表达，更是我自身的一种生命性质。比如，早在不知道从什么时候开始，我就喜欢上了“挥霍”这个词语。我以为“挥”是世界上最漂亮的动作，这动作简直就是洒脱轻盈果断大方的化身，例如，大笔一挥，挥金如土，挥汗如雨，挥泪，挥师，都是这样地绝顶豪放。而“霍”，又是这样地迅捷，闪电一般，还掷地有声。我相信，如果与人有缘，许多文字还会是一种神秘的昭示，一旦相逢，你就会如盲人开眼，突然看见你自己的生命状态。正是一个不知道是什么时候的某一天，我翻开词典，劈头看见“挥霍”一词，耳朵里就响了一记金石之音，我便会意地微笑了。我相信，我的生命性质正如我的故乡和命运一样，先于我的存在而存在，早就隐藏在文字里。而我对于它的认识与服从，也一如认同我的故乡和命运，面善得无法陌生，亦无法选择。有一些古人于某些文字的特殊敏感，让我也觉得这可能就是一种人类经验的传承。郑板桥的文字大约就是“难得糊涂”，苏轼可能就是“一蓑烟雨任平生”，而李白也就是一个“酒”字了。

我是怎样挥霍生命的呢？

最典型的例子要慢慢说起：大约是四年或者五年前吧，看过一部电影。美国片，中文译名叫作《海上钢琴师》，英文片名是《1900的传奇》。故事说的是1900年的某一天，一个新生男婴，被遗弃在了一艘往返欧美之间的大型客轮上，船上的一个锅炉工收养了他，并用年份为他取名。在客轮无数次的往返之中，1900慢慢长大并无师自通地成为轮船上的钢琴师。在三十多年的人生里，1900从来没有离开过这艘客轮。仅有一次，因为爱情，他终于决心在纽约下船登陆，去寻找那位年轻姑娘以及寻找属于一个天才钢琴师的世俗名利。全体船员集中在甲板上，为1900隆重送行。这个名叫1900的男人，缓缓地走下长长的跳板，然而，他却缓缓地停留在跳板的中间了。面对纽约的高楼大厦，他把崭新的礼帽毅然抛向大海，反身回到了船上，多年之后选择了与被淘汰的客轮一同炸毁的人生结局。

十分记得，我第一次观看的时候，影片深深吸引了我。那个夜晚，成为我生命中少有的不眠之夜，我放弃了我一向认为非常重要的睡眠，还放弃了工作。目如寒星的消瘦男子1900，在影片的最后，用这样一段话夺走了我的理智："我不是害怕我的所见（纽约的高楼大厦），而是害怕我的所不见！这城市太大了，大得似乎没有尽头！我怎么可以在没有尽头的键盘上演奏我的音乐呢？"立刻我的泪水夺眶而出。之后，想也不想就把整个夜晚的时间全部消耗在回味、体会与联想之中。

几年以后的前日，很偶然地，我女儿在钢琴上随手弹奏起《海上钢琴师》的一支钢琴曲，蓦然勾引起我重温这部影片的念头。这一重温不打紧，我却发现，看电影的人已经不是曾经的我了。现在的我，面对影片，根本看不下去。怎么是这样做作和矫情的一部电影呢？首先它纠合了太多好看的因素，因此失去了合情合理的生活逻辑，露出了明显的编造痕迹。曾经让我潸然泪下的那一段台词，具有典型的大话哲学的肤浅与煽情，尤其还配上了拙劣的镜头：1900毅然抛开礼帽以后，镜头以夸张的特写，将礼帽一次次多角度地抛向大海。这不还是美国好莱坞电影的简单套路吗？我是那么惊讶与惭愧。我自嘲地笑笑，然后连眼睛都不眨地抛弃了这部电影，同时，也把自己被感动的那一个夜晚抛弃了，还把此后的许多生命经历——推荐，联想，回味——统统否定并完全抛弃。

就是这样，我就是这样无情。我经常否定自己的生命经过，从不寻求任何理由保存往日不再美好的“美好”记忆。我是自己生命里一个没有负担的记忆者。我不相信时间，不相信青春，不相信历史，不相信传言，乐于相信的是自己的醒悟与亲睹，我是一张连自己都深感淡漠的脸。

前一段时间，我在法国，因出版事务要去一趟南方的阿尔勒小镇。事先的行程计划，是在阿尔勒停留一天，居住一个夜晚。但是到了法国以后，忽然想起了凡·高，想起了凡·高著名的油画《向日葵》以及许多油画的光和色，于是我决定在阿尔勒多待一天。真正到达阿尔勒小镇之后，我立刻背弃了自己的初衷，有了另外的故事。阿尔勒小镇的阳光就是与众不同，格外灼亮又光照时间极长，气候在一日之内，由凉爽至温暖至寒冷，各色植物因此都格外鲜艳。原来，凡·高画的向日葵就是阿尔勒的向日葵，凡·高油画的光与色，就是阿尔勒的光与色，一个有天赋的画家怎么能够不接受大自然的馈赠和生活的密授呢？顿时，凡·高不再神秘，不再是我的名胜古迹，而是一种切实的理解了。我甚至连大街上的“向日葵”明信片和旅游T恤衫，都没有走近看看。我毫不犹豫地走上了古罗马的断壁残墙，在小镇的最高处久久流连，坐看日出日落之下的阿尔勒。晚饭时候，我去一家北非餐厅，吃一种叫作“酷丝酷丝”的北非饭，慢慢地吃到很晚很晚，一边观赏着阿尔勒小镇的人们，一个姑娘，低胸丝绸连衣裙，外套的却是皮大衣，长长的，是冷峻的黑色；硕大的耳环在她颈项侧畔摇曳不停，与她的多条镶流苏的长围巾交相辉映；脚却是赤脚，足蹬艳丽的高跟拖鞋，染葡萄紫的指甲油，这就是难忘的阿尔勒小镇风情了。

多待一天的时间，依然与凡·高以及其他著名画家无关。无论是在大街小巷漫步还是静静坐在旅馆喝咖啡，都是因为阿尔勒本身。原来，阿尔勒小镇从古罗马时代就阳光格外灿烂，就颜色格外鲜艳，就人与物都具有格外的风情。我居住的旅馆，是阿尔勒最古老最优雅的旅馆之一，旅馆的好几段墙壁，依旧还是古罗马的城墙。约百年前，法国一个著名女歌唱家，退隐来到阿尔勒，创办了这家旅馆，把它变成了全欧洲的艺术博物馆和艺术沙龙。度假的艺术家们纷纷下榻这里，喝酒，歌唱，吟诗，看斗牛，他们顺便带来了自己的绘画和摄影作品。而每年，在斗牛节获胜的斗牛士，也把自己五彩斑斓金光耀眼的斗牛服挂上了旅馆咖啡厅的墙壁。阿尔勒明艳的夕阳，一直到晚上十点才变成夜幕，几乎每一个黄昏，都是纵情的享受。在纵情的享受中，女歌唱家慢慢地衰老了，她丈夫去世了，她再也打理不动生意了，终于有一天她咬牙卖掉了旅馆，在卖掉旅馆的两天之后，女歌唱家悄然离世。这不是写在旅游指南上的故事，是我下榻旅馆的历史由来以及沿袭到今天的装饰风格。我老老实实地坐在陈旧的老沙发上，背靠一段古罗马的墙壁，长久地注视一张二十世纪三十年代的摄影作品：北非的一个夜晚，一名裸体的非洲女子，伸出她的手臂，喂食一只生活在他们村庄的长颈鹿。裸女与长颈鹿是如此惊人地和谐与美丽，把我看得无言以对，我的心一刻一刻地变成一个幽深幽深的潭——平静的水面其实在颤动密密麻麻的涟漪。

原来阿尔勒最著名的是斗牛。它是全法国唯一保持了西班牙式斗牛的小镇。每年斗牛节来到的时候，人们从四面八方涌进阿尔勒，与葡萄酒、咖啡、酷丝酷丝一起，与吟唱一般的聊天和神奇的阳光一起，度过美好的生命。

一切都与中国制造的凡·高神话没有太大关系，可我并不后悔以前花了多少时间在凡·高身上，时间并不是我生命的唯一价值，我时时刻刻都乐意成为新生婴儿，让世界在我眼中重新诞生。

一再地删除，一再地重新开始，决不美化和流连于过去的一切，耗费了多少生命时间都无所谓。许多个深夜，有月光，我到户外散步。我心静如水，听得到万籁的悄吟。每当这种时刻，我几乎看得见自己对于自己经历的否定、覆盖、删除和抛弃。我反反复复，无法停止，以至于我的生命直到现在为止，都没有过任何一个完美的故事。连一个完美的人生故事都不曾发生，也许对于一个女人来说，看上去比较残忍，因为今天女人正在老去，因为明天女人还将老去，因为时间是一个恒定物，它使得老去的生命无法反复。问题的实质在于：那又怎么样！

我是这样欣喜于自己的善变，欣喜于新印象新思想如野草般丛生。我的否定与变化越多，我感觉自己生命的本质越有生机。我的感恩正是在这里：生命有限但可以无限挥霍。而每一次挥霍都是一次裂变，都可以发生巨大的能量转换，甚至无事生非到让你喜极而泣，总之世界上所有的良辰美景，比比皆是你的意思。如此，我的人生还需要什么完美故事呢？我还需要什么数字来说明生命的丰富抑或贫瘠呢？曾经读到过一段吉卜赛人的歌谣，真是很好，他们唱道：

时间是用来流浪的，
肉体是用来享乐的，
生命是用来遗忘的，
心灵是用来歌唱的。

而我的歌谣，只有一句：生命是用来挥霍的。这一句可以反复咏叹，直到永远。

无事最可贵

林清玄

朋友来喝茶聊天，问我：“你觉得什么样的生活最好？”

我说：“无事最可贵。”

朋友不明其意，说：“既然无事最可贵，又何必忙着写文章、读书、讲演呢？”

这倒使我沉吟了，无事并不是不做事、不生活，而是做事与生活都没有牵挂，也没有变生肘腋、措手不及的事情发生。

我把茶倒满，闻到今年春茶的香气，深呼吸，让茶香清洗我的胸腔，我说：“能这样无事喝一杯茶，真是人生里幸福的事呀！”

朋友终于懂了，微笑着喝茶，那专注的神情，使我感到无事的欢喜。唯有活在当下的人才可以无事，每一刻都尽情地、充满地、没有挂虑地去生活，活活泼泼、欢欢喜喜、全心全意。

一刻无事一刻清，一日无事一日好。

可叹的是，我们总是花时间去找事来烦，一清早，找份报纸来烦恼；上了班，在人事里烦恼；晚上，找台电视来烦恼；躺在床上思前想后，思念十年前的情人，猜测明年公司的方针。

饭吃得没有滋味，是没有全心地吃饭；工作做得没有力气，是没有欢喜地工作；睡眠不能安枕，是没有无心地睡眠。

吃饭无事，工作无事，睡眠无事。

真的，无事最可贵。

我刚学说话时，唱过一首台湾童谣。

“食饭也未？食饱也未？食饱紧去做工作。做工作也未？做好也未？做好紧去困棉被。困好也未？困饱也未？困饱紧去食碗粿。”

我把这首童谣唱给朋友听，唱歌配茶，觉得茶的味道真好。

吃饭是重要的，但吃饱饭就应该去工作，工作做好就去睡觉，我喜欢这首童谣那种无心的态度，所以无事人并不是闲杂的人，反而是专心的无杂之人。

在禅宗里，把“无”当成圣旨一样，《无门关》里的第一则，就开宗明义讲“无”：

有一个和尚问赵州从谂禅师：“狗子还有佛性也无？”

赵州说：“无！”

无门慧开禅师的注解是："参禅须透祖师关，妙路要穷心路绝。祖关不透，心路不绝，尽是依草附木精灵，且道，如何是祖师关？只有一个'无'字，乃宗门一关也……将三百六十骨节、八万四千毫窍，通身起个疑团，参个'无'字，昼夜提撕，莫作虚无会，莫作有无会。"

无门慧开禅师的意思是："无"这个字是禅宗最重要的一个字，应该以全身的力量（包括每一个骨节毛孔），日夜地去参，却千万不要把"无"当成是"虚无"的无或"有无"的无。

无，是执着的破除与思虑的止息，而不是闲散的人。

无，是无心，是离开妄念的真心，是远离了分别、执着的自由境界，"若不起妄心，则能顺觉，所以云，无心是道"。

无，是无往，是不住留、执着一固定的实体，诸法念念不住，即得解脱。"无所住故，则非有无，非有无而为有无之本"。

无，是无我，是一切万法因缘生、因缘灭，没有一个固定的主体，破除我执，则得自在。

无，是无念，是虽修万行，觉诸相空，心自无念，念起即觉，觉之即无。"一念不起，即十八界空，即身便是菩提华果，即心便是灵智。"

"无"这个字是那么高超，那么伟大，几乎是凡夫所不能企及的。我们或者难以进入那么高的境界，但在生活中体会无事的可贵也不是那么难的。

我端起一杯茶来对朋友说：“现在，让我们全心地来品味这杯茶，过去的烦扰已经过去了，未来的烦恼尚未发生，仅此一念，又有什么事呢？”

无门慧开禅师曾写过一首名诗：

> 春有百花秋有月，夏有凉风冬有雪。
> 若无闲事挂心头，便是人间好时节。

这应该作为所有无事人的座右铭。

其实每天的生活也真像一杯茶，大部分人的茶叶和茶具都很相近，然而善泡者泡出更清香的滋味，而善饮者饮到更细腻的味道。

依照我的经验，只有在无事时泡出的茶最甘美，也唯有无事时喝的茶最有味。可惜的是，大部分人泡茶时是那么焦渴，在生命里也一样的焦渴呀！

沩山灵禅师曾把悟道的人称为“无事人”就是这个道理，他说：

“夫道人之心，质直无伪、无背、无面、无妄诈心行，一切时中，视听寻常，更无委屈，亦不闭眼塞耳，但情不附物，即得……譬如秋水洞，清净无为，澹泞无碍，唤他作道人，亦名无事之人。”

无事的人去除了生命的焦渴，像秋天的潭水，那样澄明幽静，清澈无染，明白没有挂碍。

“无事不是小言哉！”无事是伟大的事。

在喧嚣的世界里，

坚持以匠人心态认认真真打磨每一本书，

坚持为读者提供

有用、有趣、有品味、有价值的阅读。

愿我们在阅读中相知相遇，在阅读中成长蜕变！

好读，只为优质阅读。

读书与生活

策划出品：好读文化　　监　　制：姚常伟

责任编辑：赵露丹　　产品经理：罗　元　牛　雪

装帧设计：末末美书　　封面插画：厚　闲

内文排版：鸣阅空间　　营销编辑：陈可心

图书在版编目（CIP）数据

读书与生活 / 季羡林等著；好读编. -- 杭州：浙江教育出版社，2024. 8

ISBN 978-7-5722-7433-6

Ⅰ. ①读… Ⅱ. ①季… ②好… Ⅲ. ①散文集—中国—当代 Ⅳ. ①I267

中国国家版本馆CIP数据核字（2024）第041741号

读书与生活

DUSHU YU SHENGHUO

季羡林　汪曾祺　等著　好读　编

责任编辑：赵露丹

美术编辑：韩　波

责任校对：马立改

责任印务：时小娟

出版发行：浙江教育出版社

（杭州市环城北路 177 号　电话：0571-88900883）

印　　刷：三河市中晟雅豪印务有限公司

开　　本：880mm × 1230mm　1/32

成品尺寸：145mm × 210mm

印　　张：10.75

字　　数：202000

版　　次：2024 年 8 月第 1 版

印　　次：2024 年 8 月第 1 次印刷

标准书号：ISBN 978-7-5722-7433-6

定　　价：55.00 元

如发现印装质量问题，影响阅读，请联系010-82069336。